致青春 060

喜歡你暗戀我的樣子

—上—

烏雲冉冉　著

高寶書版集團

目錄

CONTENTS

第一章　不期而遇

天空陰沉沉的，鉛灰色的雲層低低懸在半空，遮住正在落山的太陽，只露出一片泛白的光暈。

這樣的天氣，溫度依舊不低。雖然已經立了秋，但南城還陷在盛夏的餘威中，邁不動腳步。傳說中的桑拿天還在孜孜不倦地考驗著地表生物們的意志，人只是站著就會一層層地往外冒汗，鳥蟲的叫聲也比涼快的時候慵懶幾分。

葉涵歌拎著剛從學校東門外的小書店裡找來的幾本研究所考古題，氣喘吁吁地往文昌苑宿舍的方向走。

前兩年的成績排名上星期公布出來了，她的成績屬於最尷尬的那種——保送研究所很有風險，考研究所她又欠缺一點非考不可的決心。

聽說參與教授們的案子可以加分，但她毛遂自薦了一圈，又等了好幾天，結果都差不多。教授們無非是嫌她這樣的學士生沒有相關經驗，理論知識又少得可憐，很難快速上手。有學長姐帶著打打雜還行，只是都不湊巧，不是不缺打雜的，就是案子缺人缺到連能帶著打雜的人都還沒有著落。

猶猶豫豫間，葉涵歌見同學們都開始籌謀自己的下一步了，也跟風買了幾本考研究所的參考書，聊以慰藉自己這顆有點彷徨的心。

手上的書有幾公斤重，走了一路，葉涵歌覺得手掌處火辣辣的，在經過成賢院旁邊的小涼亭時，她走了進去，把兩袋書扔在亭子中央的石桌上。

手上被塑膠袋勒出幾道紅色的印痕，她不自覺地搓了搓。

這時候，身後突然傳來年輕男孩們的笑鬧聲，一回頭，見幾個男生勾肩搭背地從成賢院旁邊的小路走出來，這才想起來，她這個學院的男生就住在成賢院後面的沙塘園裡。

這裡和女生住的文昌苑可以說是一個天南一個地北，平時葉涵歌無論是去上課，還是去圖書館，都不會經過這裡。但是她記得剛上大一的那個學期，自己幾乎每天都要在這條路上走兩遍。因為她以為景辰還住在這裡，希冀著某天能來個偶遇。

可是一個學期快結束了，也沒有成功「邂逅」他。後來還是從景鈺那裡打聽到，原來早在她入學前，他就作為交換生去了瑞典。去瑞典交換讀書的事情她知道，一般只有一年。本來以為她大二的時候他就能回來，可之後又聽說他從瑞典去了美國，跟著後來的老闆做專題，沒有意外的話，可能就在外面一直讀到博士畢業。

一陣晚風吹過，小亭四周的樹葉沙沙作響。不知什麼時候起了風，吹得她被汗水黏在脖子上的長髮也上下翻飛起來。

樹影搖曳，一副風雨欲來的模樣。

葉涵歌卻坐著不動，對著對面拱門上的「沙塘園」三個字出神。

從高一知道景辰的存在，一直到現在，整整五年了，她好像始終都在追著他的腳步前行。她追著他來了D大，選了她一點都不感興趣的科系。但只要想到這能彌補兩人過去幾乎沒有交集的缺憾，她就無怨無悔，甚至滿懷期望。

可是她來了，他又走了。

她一直追趕著，奈何景辰走得太快，給了她一種他們會一直錯過的淒涼感。

葉涵歌嘆了口氣，拿出手機看了看。不知道多少次了，她發瘋地想，如果早知道今生可能無望再見，如果再給她一次機會讓他出現在自己面前，她一定什麼都不管了，把這幾年的心意全部交托給他。

只要一想到他心裡或許還惦記著別的女孩，就像自己一直惦記著他那樣，那股想要對他剖白心意的勇氣頓時就消失得無影無蹤了，伴隨而來的是她身體裡那顆少女心一點點龜裂的聲音。

從手機通訊錄中找出他的號碼，其實這個號碼早在他出國時就成了無人使用的狀態，可她就是捨不得刪，後來還養成了一個小習慣——想他的時候，就傳簡訊給這個號碼，權當這是個樹洞，來寄存她無處安放的少女情愫。

手指在鍵盤上摩挲了一下，她傳了一則訊息過去：『我到你宿舍樓下了，快下來吧。』

一個人的獨角戲啊，演得又傻又可憐。

訊息傳出去後，她幽幽地嘆了口氣，把手機放回口袋裡，拎起書打算離開。可就在這時，手機隔著短褲薄薄的布料貼著她的大腿嘰哩呱啦地扭動了起來。

她嚇了一跳，連忙拿出來看，看到來電人的姓名時，剛才莫名湧起的期待在一瞬間一掃而空。

打電話來的是學院裡研究所一年級的師兄曹文博，而這位師兄的導師就是他們學院的院長——學院裡最不缺專案的教授林濤。

成績排名出來後，葉涵歌找過這位曹師兄，表示對林老師的研究方向很感興趣，如果有機會的話，她希望參加林老師手上的專案。當然，同時想借著參與專案獲得保送研究所加分的事情，也沒有瞞著曹師兄。

曹師兄很熱心地答應了下來，讓她等消息，可惜沒有等到她想要的結果。

這件事已經過去幾天了，這時候他又打電話來，難道是專案的事情有了轉機？

這麼想著，葉涵歌又打起精神來。

『葉涵歌，妳運氣真好！』曹師兄開門見山地說。

葉涵歌按捺著情緒問：「怎麼了？」

『之前我說的那個專案找到人了，是老闆的得意門生！』

葉涵歌一聽，臉上的笑容頓時掛不住了。有人頂了她想頂的名額，曹師兄竟然還特地跑來告訴她，這人到底是想要表示什麼？

可是還沒等葉涵歌說什麼，就聽曹師兄又說：『我這同學經驗很豐富的，之前一直沒定下讓他做這個案子，是因為他手上還有別的專案，前兩天終於定下來了，正好他還缺個助手，我就向林老師推薦了妳。林老師這學期不是帶了妳們一門課嗎？他對妳還有點印象，同意讓妳來實驗室試一試，如果上手快的話，就可以跟著一起做了。』

這個轉折來得讓人猝不及防，葉涵歌有點反應不過來，也就沒多想這曹師兄的同學才研究所一年級怎麼會有能力牽頭做專案項目，還不止一個。

『下週一來實驗室見一下導師和我的同學，沒問題吧？』曹文博問。

葉涵歌連忙說：「沒問題！」

再三向曹師兄道了謝，葉涵歌掛了電話，一回頭看到石桌上的參考書，頓時感覺到有些多此一舉。

風不知道什麼時候停了，亭子外的水泥路面上開始有深深淺淺的斑駁痕跡，不一會兒就從灰白色澈底變成了深褐色。

她這才意識到雨下大了，再不回去恐怕就要被困在這裡了。

那些考研究所的參考書終於有了用處——被她頂在頭上，隔開了瓢潑的大雨。

文昌院距離沙塘園實在不算近，等葉涵歌衝到宿舍樓下時，書濕透了，她也濕透了。

她抖了抖身上的雨水往樓上走。

宿舍房門沒有鎖，她直接推門進去，室友景鈺不在房間內，虛掩著的洗手間門後傳來嘩啦啦洗東西的水聲。

把濕答答的書丟在旁邊公用的桌子上，這才注意到那上面還放著一個裝著半杯水的紙杯。

「有誰來過嗎？」她對著洗手間的方向喊了一句。

片刻後，廁所的門從裡面打開，景鈺端著一小盆楊梅從裡面出來，朝她曖昧地笑了笑：「妳猜。」

葉涵歌頓時有了不太好的預感，掃了眼那楊梅問：「哪裡來的？」

景鈺：「喲呵，感覺很敏銳嘛！沒錯，妳的頭號仰慕者——蔣遠輝送來的。」

她就知道！

這學期剛剛開學一個多月，已經記不清這是他第幾次做這種事了，雖然送的都不是什麼貴重的東西，但也會積少成多。這個人的想法她再清楚不過，可既然無法回應，又何必給人希望呢？

這段時間，她自己一直做得還不錯，可惜身邊出了內鬼！

葉涵歌怒瞪某人，景鈺像是早有準備似的，在她開口的一瞬間往她嘴裡塞了顆楊梅。

突如其來的酸澀讓她張不開嘴。

罪魁禍首景鈺倒是心情很好地笑了：「這麼好的男人，也不知道妳要吊到什麼時候！如果說這是欲擒故縱、欲揚先抑，我就原諒妳，但也提醒妳啊，適可而止！男人的耐心也是有限的，尤其是他這種長相招人、家境不錯的，身邊最不缺的就是女孩子，說不定哪天就看上別人了。」

葉涵歌有點悻悻的，口齒不清地說：「那更好，省得我為難。」

她說的是真心話，可聽在景鈺耳中卻變了味：「我說啊，妳差不多就好了，他各方面條件都不錯，又和我們是同個故鄉的。妳現在的姿態已經很高了，找個機會給他個臺階下，順理成章有情人終成眷屬不好嗎？別真的到了人家看上別人的時候又後悔了。」

葉涵歌的舌頭總算從楊梅的酸澀中恢復過來，她怒其不爭地看著某人：「一箱楊梅就把妳收買了？」

「擦擦身上的雨水吧……」景鈺拿了條乾毛巾遞給她，「我這也是為了妳好，過了這村就沒有這店了！別告訴我，妳還在等著那暗戀好多年的神祕男神突然開竅！」

提到這個，葉涵歌有點氣餒，接過毛巾沉默地擦著被雨水淋濕的頭髮。

景鈺突然來了興致：「其實專一也是美德，只不過妳在這裡癡心一片，為他守身如玉，人家卻未必看得到。要不然妳跟我說說，對方是誰，我才能針對性地研究一套戰術，保證妳不日將他拿下！怎麼樣？」

葉涵歌看她一眼，繼續一聲不吭地低頭擦頭髮。

景鈺並不死心：「別這樣嘛！我們這麼好的關係，妳有必要對我藏那麼深嗎？」

葉涵歌心裡嘆息，就是因為是她，她才不得不守口如瓶！

見葉涵歌不說話，景鈺自顧自地分析起來：「算算妳暗戀他的年頭，這人至少是從高中時就認識的，多半就是我們的高中同學，當然也有可能是妳的國中同學……唉，看妳不聲不響，開竅得夠早的啊！」

她們這個年紀的女孩子對這種事情最感興趣。自從景鈺知道她有喜歡的人後，不管她如何表達自己只是暗戀，不想跟人分享，景鈺還是會時不時地來她這裡套話。但最近兩年，或許是因為她不再提了，所以她也就不再問了，不過今天不知道怎麼又想到了這件事情。

葉涵歌不說話。

景鈺又說：「算了，我也不多問，妳就回答我一個問題吧，我到底認不認識這個人？」

葉涵歌看她一眼，想說妳可太認識了，不就是妳的堂弟景辰嗎？但這話她當年忍住了沒說，現在就更沒必要說出來了。

他已經離她的生活越來越遠了，不知道是不是已經和他惦記著的那個女孩有情人終成眷屬了，也不知道自己對他而言是什麼樣的存在，甚至不確定他是否記得她……既然如此，單相思，何必說給他們共同認識的人聽，為本來還算簡單的關係憑空增加不必要的麻煩呢？

不如就像現在這樣——兩人沒有任何羈絆和勾連，但她可以遠遠地看著他。如果時光足夠眷顧她，也希望自己能漸漸忘記這段感情，實在忘不掉也好，那就將之埋在心底某個角落，等兒女成群、白髮蒼蒼時拿出來看一眼，提醒自己，這是年少時喜歡過的男孩，緬懷已逝的青春。

想到這些，心情不由得低落了下來，隨手翻開了面前濕漉漉的書。

景鈺順著她手上的動作看到了她帶回來的參考書，有點意外：「妳還真的要考研究所啊？」

提到這個，葉涵歌心情稍稍好轉——今天總算還有件好事。

「本來是打定主意要考研究所了，結果買參考書回來的路上接到了曹師兄的電話，說有個專案讓我去試一試。」

葉涵歌把案子的事情和景鈺說了，景鈺也很替她高興：「好事啊，妳這樣等於一隻腳已經踏入研究所的大門了！請客請客！」

「能不能留下還不一定呢，只說讓我先去試一試。」

景鈺翻了個白眼：「不就是打雜嗎，這有什麼難度？對了，帶妳的師兄是哪位啊？」

葉涵歌搖頭：「曹師兄沒說。」

景鈺想了一下說：「也不重要，知道是師兄而非師姐就夠了。」

葉涵歌不解：「怎麼說？」

「據我所知，林院長那種大忙人肯定是沒有時間親自帶著學生做實驗的，既然如此，那最後決定妳的去留的只有一個人了，就是帶妳的這位師兄。」說著，景鈺曖昧地上下掃了她一眼，「就憑妳這姿色，還怕搞不定一個男人？」

葉涵歌抽了抽嘴角。

景鈺這戀愛腦，自己的男朋友常換就算了，還非常熱衷於幫她亂點鴛鴦譜，從高中到現在，只要稍有點帥的男生多看她一眼，景鈺就不遺餘力地將她和對方湊成一對。對蔣遠輝是如此，對這個還未謀面的師兄也是如此。

「景鈺同學，我鄭重地提醒妳，我這可是去搞科學研究的！」

「搞科學研究和搞男朋友不衝突啊！妳怎麼就不懂呢？」

葉涵歌跟她無法溝通，起身去櫃子裡拿換洗衣物。就在這時，她放在桌子上的手機突然震動了兩下。

兩人不約而同地回頭看去。片刻後，景鈺意興闌珊地走向洗手間，葉涵歌去拿手機。

是一則新的簡訊，她點開一看，差點以為自己出現了幻覺！

半小時前，她傳了訊息給對方：『我到你宿舍樓下了，快下來吧。』

就在一分鐘前，對方回覆了三個問號。

過去兩年裡一直查無此人的號碼，這一次竟然有了回應！

是他回來了嗎？還是那個號碼又有了新的主人？

腦子裡被一大堆問題攪得混亂不堪時，景鈺從洗手間裡出來了。

見她這樣，景鈺有點好奇：「出什麼事了？」

半晌，葉涵歌才回過神來：「妳說我現在準備申請出國來得及嗎？」

如果景辰真的回國了，作為堂姐的景鈺肯定不會一無所知。可她也不好直接跟室友打聽人家堂弟的事情，所以只能曲線救國，找個話題切入，旁敲側擊地打探一下。

景鈺看不出來她是不是認真的，狐疑地問：「我上個廁所的工夫，到底發生什麼事了？」

葉涵歌皺了皺眉自顧自地說：「我是覺得實驗室那個案子未必能留下我，保送研究所還是很有風險的，比起考研究所，我覺得出國似乎也是個不錯的選擇。」說著，她狀似不經意地問，「對了，景辰就讀的那所學校怎麼樣？要不然妳幫我問問？還有，申請出國讀書的流程是什麼？我之前一點準備都沒有呢！」

景鈺嫌棄地看她：「我也一點準備都沒有呢！」

葉涵歌拍了拍好友的肩膀：「多做準備嘛，妳幫我問問吧，請妳吃大餐！」

景鈺想了一下，有點為難：「要打聽這些也不一定要問他吧，那臭小子，我都多久沒跟他聯繫過了……」

葉涵歌聞言，不由得有點失望，這麼說，景辰應該還沒有回來，如果他近期回國了，那姐弟倆至少會聯繫一下吧。

看來這號碼多半是易主了。

第二天就是和曹師兄約好去實驗室的日子。

天氣不錯，昨晚太陽落山時斷斷續續的那場雨，讓今晨的天空一片湛藍，如油畫一般。

葉涵歌推開窗子，覺得這或許是個好兆頭。

心情愉悅地深吸了一口濕漉漉的空氣，一回頭，險些被身後蓬頭垢面的某人嚇得丟了魂。

她不確定地抬手看時間，一個八點上課都只提前十分鐘起床的人，竟然會在七點半的時候站在她面前，這是夢遊了嗎？

「妳怎麼起得這麼早？」葉涵歌問景鈺。

景鈺口齒不清地說：「還不是為了妳！我想了一個晚上，還是捨不得妳出國！」

葉涵歌揉著太陽穴的手驀然一頓，剛才因為被嚇到而升騰起的那一點點怒氣頓時一掃而空了。

她心一軟，上前抱住閨密：「我也沒說一定要出國。」

景鈺的下巴磕在她的肩膀上點了點：「所以最好還是能保送成功，到時候我們還在同一個城市，這多好。」

景鈺對自己的前途沒有太多的規劃，保送沒希望，考研究所或者工作她覺得都可以，但唯一堅持的一點，就是畢業後一定要留在金寧市，說是這座城市的古韻和婉約與她的氣質最配。但真正的原因是什麼，她到現在也沒搞清楚。

葉涵歌鬆開景鈺嘆了口氣：「妳以為我不想啊！」

「所以姐姐我一早起來，就是為了祝妳旗開得勝，拿下那位師兄的芳心，讓妳順利留在專案組的。」

葉涵歌愣了愣：「哪位師兄？」

景鈺：「就是帶妳做專案的那位師兄啊！來來來，姐親自操刀好好打扮打扮妳，務必讓他滿意簽收！」

於是葉涵歌被景鈺強行按住化了個淡妝，甚至還被迫穿了一件她平時很少在校園裡穿的白色露肩連衣裙。

一番精心打扮後，穿衣鏡前的女孩子果然比平時明豔不少。

但葉涵歌有點猶豫：「這樣不好吧？一看就是個花瓶，很沒實力的感覺。」

景鈺翻了個白眼：「妳這是偏見，懂嗎？誰說長得好看的人就一定沒實力？況且打雜需要什麼實力？」

此時距離約定的時間只剩一刻鐘，就算想換衣服也來不及了，葉涵歌深吸一口氣出了門。

因為腳上的涼鞋有點磨腳，葉涵歌走得比平時慢，等她趕到實驗大樓的時候，比約定的時間晚了五分鐘。

曹師兄遠遠看到她，立刻迎上來，走到她面前時明顯眼睛一亮：「今天真漂亮啊！」

葉涵歌不好意思地笑笑，又想起正事來：「不好意思，我遲到了，林老師不會生氣吧？」

曹師兄笑著朝她揚了揚眉毛：「妳運氣很好，老闆今天臨時有個會，不過來了，不用擔心。」

葉涵歌有點意外，同時又放下心來：「還好林老師不在，不然第一次見面就讓他老人家等我，不太好。」

曹師兄無所謂地笑笑說：「五分鐘而已，老闆不在意這些小細節，不過……」

葉涵歌剛放回肚子裡的心又提了上來：「不過什麼？」

曹師兄訕訕地摸了摸鼻子：「不過我那位同學規矩比較多，最不喜歡別人遲到……」

葉涵歌不由得停下腳步。

曹師兄見狀又安撫她說：「學霸嘛，都有點變態，不過問題也不大，以後守時就好了。」

葉涵歌的心裡頓時出現了一個梳著分頭、戴黑框眼鏡、襯衫鈕子都要扣到最上面一顆的理工科學霸形象，又掃了一眼自己這身行頭，頓時渾身不自在起來。

很快走到研究生辦公室的門前，葉涵歌跟在曹師兄身後，往裡面望了一眼。

這間辦公室很大，學生也不少，但整間辦公室裡卻是靜悄悄的，大家都安靜地做著自己的事情。一眼望過去，一個個電腦螢幕上不是論文，就是某個模擬程式的電路建模。

葉涵歌忐忑的心突然平靜下來，如果能留下來，如果一年以後順利保送研究所，也能像這些師兄師姐們一樣在這裡讀書研究課題，那就太好了。

曹文博回身朝著葉涵歌勾勾手指，葉涵歌連忙跟上，跟著他往隔間裡面走。

直到走到落地窗前的位子，才停了下來。

一個男生背脊筆直地背對他們坐在電腦前，面前的螢幕為了配合他的身高被架在幾本厚厚的專業書上。

沒有預想中的油膩分頭和襯衫，甚至也不戴眼鏡。他和籃球場上那些大男孩差不多，身上穿了件再簡單不過的白T恤，單薄的布料下，看得出肩背寬闊，雖然有點瘦，但並不孱弱。光線下，他的膚色很白，此時白色的手臂皮膚下，青色的血管隱約可見。

這讓她突然想到一個人，不知道多少次了，他也總是留給她這樣一個挺拔的背影和專注的後腦勺。就是這麼一個突然冒出來的想法，讓她不由得恍惚起來。

感受到了身後有人，在曹文博走上前打招呼的同時，他也微微側過頭來。

陽光從身側的窗子外投射進來，投射到他乾淨俐落的短髮和俊朗的側顏上。

空氣有一瞬間的凝固，葉涵歌開始懷疑自己是不是在光天化日下產生了幻覺，還是這個世界上真的有這麼相似的兩張臉。

景辰怎麼會出現在這裡？不應該啊！不可能啊！驀地，葉涵歌又想到昨天收到的那則訊息，腦子裡像被什麼東西狠狠攪動了一下，亂七八糟，又悶悶地發疼。

葉涵歌就這麼呆愣愣地看著曹文博湊在他耳邊說話，似乎是提到了她，他毫無預兆地回過頭來，猝不及防間葉涵歌緊張得雙手都不知道該放在哪裡。景辰只是那麼輕輕一瞥，或許是因為看到她的穿著，微微皺了皺眉，但也只是一瞬間，就像是完全不認識她這個人一樣，又轉過身去和曹文博說話。

震驚、懷疑過後，葉涵歌漸漸定下心神，此時的她已經顧不上去想為什麼這個人會出現在這裡了，回憶著剛才看自己的那一眼，她悲哀地意識到一個問題——他的確是有可能沒有認出她來的，也許她從來沒有在他心中擁有屬於自己的身分。她只是他堂姐的閨密，偶爾出現在有他在的場合裡，僅此而已，又或者他早已記起了她，只是同時被記起的還有某些讓他厭惡的回憶。

在他第二次看過來時，葉涵歌已經淡定許多了。

她離得有點遠，曹師兄說話時又刻意壓低聲音，所以根本聽不到他們在說什麼，只是偶爾會有幾個詞不經意間傳到她的耳朵裡。當她聽到他說「不需要」的時候，本就高高懸著的心突然又七上八下起來。

讓她參與專案的事情不是早就說好的嗎？怎麼突然又說不需要了？難道是因為已經認出她了嗎？

正魂遊天外的時候，景辰突然起身朝她走來。

葉涵歌頓時有點無措，糾結著等一下打招呼時是該做出初次見面的樣子問聲「師兄好」，還是應該驚喜地說「怎麼是你」，來提醒她和景鈺的關係。但他沒有給她這個機會，當景辰走到她的面前時，只是輕輕掃一眼，並沒有停下來。

曹文博跟在景辰身後，走出幾公尺遠才意識到葉涵歌沒有跟上來，連忙朝她招了招手。她不敢問他們要把她帶到哪裡去，安靜地跟在兩人身後。

一路上她注意到曹文博偶爾會勾一下景辰的肩，或者開幾句玩笑，這對別人來說或許不算什麼，但她知道，這對景辰來說已經是很親近的舉動了，他竟然一點反應都沒有，沒有不耐煩也沒有躲開，可見兩人的關係很好。

葉涵歌悄悄鬆了口氣，看來也不是完全沒有機會留下來。

來之前雖然很想把握住參與專案的機會，但是也做了最壞的打算。可是到了現在這一刻，只過了短短十幾分鐘的工夫，她的想法就發生了極大的變化——必須留下來，想盡辦法也要留下來。

穿過長而幽靜的走廊，又轉了個彎，幾人停在一扇白色的防盜門前。這時候曹文博的手機響了，他掏出來看了眼來電顯示，立刻露出如臨大敵的表情。

在接通電話前，他一邊後退著往來路的方向走，一邊招呼葉涵歌：「妳先跟著景辰師兄，我這裡有點事，回頭電話聯繫！」說完又對景辰囑咐說，「小師妹就拜託給你了，老闆找我，我先撤了！」

話音剛落，人已經火急火燎地消失在了拐角處。

葉涵歌這才意識到，在接下來的一段時間裡，她要和景辰單獨相處了。

身後是防盜門被打開的聲音，她回過頭看了一眼，門上掛著「微波實驗室」的牌子，見景辰已經走了進去，她躊躇了一下，也跟了進去。

實驗室並不大，靠牆的桌案上放著幾臺微波儀器，靠窗的地方是正在運行著的伺服器，中間的長條桌上，一些工具和電子元件被整整齊齊分門別類地收在透明的塑膠收納盒中，桌子中央散落著剛用過的烙鐵、萬用表，還有幾塊印刷電路板。

「妳們現在都修了什麼專業課？」

他突然開口，她立刻停止了魂遊天外，回頭看向他。

只見景辰懶懶地靠坐在中央的長條桌上，手上拿著類似於論文的東西隨意翻著，感受到了她的注視，他抬頭朝她瞥了一眼，依舊是輕輕一瞥，不帶有任何溫度，也沒有多一秒鐘的停留。

她這才意識到，這個問題是在考察自己能不能勝任後面的工作。

她想了一下，謹慎地回答：「電磁場與波、通訊原理、資訊通訊網路，我還自學了一些專業課程。」

葉涵歌答完，對面的景辰卻專注於手上的論文，沒有立刻回應什麼。片刻後，他才說：「我剛才說不需要，是說這個專案很簡單，不需要什麼助手。」

他說話時目光始終沒有從手裡的論文上移開，看上去漫不經心極了，而就是這麼看似隨意的一句話，卻讓葉涵歌洩了氣——看來他是鐵了心要拒絕她了。

然而還不等她開口為自己爭取，就聽到他的話鋒一轉，接著說道：「不是針對妳。」

他在說這話時聲音不大，讓她差點以為是自己聽錯了。葉涵歌試圖從他的表情神態中分析出那究竟是什麼意思，他的語氣有些放緩，但依然讓人摸不清他的真實態度。

想了一下，勉強展露出一個大方得體的笑容：「我們這學期加修的專業課裡只有電磁場與波這門課是針對微波方向的，所以我最近還看了《高等電磁場理論》、《計算電磁學》等相關教材。我聽說這個專案是關於可重構天線的研究，我可以做一些建模資料分析的工作，我知道這些工作對你來說可能很簡單，但也挺耗時的。」

景辰終於抬起頭來，似乎有點意外：「妳以後打算讀微波專業？」

說實話，在這之前她更想讀通訊專業，畢竟通訊的就業面更廣，軟的東西居多，也更適合女生。但是自從今天在這裡見到他後，她的第一志願就悄悄改成了微波。

葉涵歌眨了眨眼說：「是的，雖然參與專案的很大一部分原因是想保送加分，但是我對案子也是有選擇的，肯定是要優先選擇對日後的研究方向有幫助的課題。」

不知道是不是這冠冕堂皇的回答取悅了他，她注意到對面的男生那張俊朗白皙的臉上表情難得地鬆緩了。

她悄悄鬆了口氣，等著景辰再次發問或者直接宣判結果。他卻像是打定了主意一樣不再開口。

時間靜靜流淌著，牆壁上掛鐘的秒針「嗒嗒」轉動著。

過了好一會兒，他終於動了。

他放下手上的論文，轉過身去，開始收拾起那幾塊隨意擺放著的印刷電路板。

晨光中，他留給她一個挺拔硬朗的背部剪影，與過往無數夢境中出現的身影漸漸重合。

老天爺在跟她開什麼玩笑？當她已經漸漸習慣並認命地決定只在暗處悄悄惦念他時，卻又冷不防地讓這麼真實的他出現在自己的面前……這是什麼樣的考驗啊！

就在這時，面前的男生似乎不經意地開口問道：「妳和他很熟嗎？」

語氣聽起來有點不對勁，但是葉涵歌一時間又分辨不出是哪裡不對勁。

「誰？」她問。

他微微側頭：「曹文博。」

葉涵歌想不出這個問題和專案有什麼關係，但看他們關係那麼好，如果她說和曹師兄很熟的話，會不會稍微通融一下呢？

但是她自己知道，和曹師兄的關係說很熟的確有點言過其實了。

葉涵歌斟酌著措辭說：「曹師兄滿照顧我的。」

景辰聞言突然轉過頭來：「照顧妳？哪方面？」

明明才緩和了的氣氛怎麼突然又緊張了起來？

葉涵歌有點摸不著頭緒，愣了一下說：「就是這次幫我找專案的事情。」

「為什麼找他？沒有其他人可以幫忙嗎？」

這個問題已經超出她能回答的範圍了，只好緘口不言，以沉默應對。

半晌，他似乎也意識到這個問題有點不妥，就沒再追問下去。

實驗室裡重新歸於沉寂，他放下手上的東西走向門口，經過她面前時，淡淡說了句「走吧」。

這是什麼意思？她是被留下來了，還是被退貨了？

出了實驗室，葉涵歌跟著景辰往來時的方向走，走了一會兒才發現他似乎不打算回辦公室。走到電梯門口，按了向下鍵。

等電梯的時間，他再度開口：「辦公室裡沒有多餘位子了，下午等老闆回來我會幫妳申請一臺電腦。從明天起，沒課的時候妳就去剛才的那個實驗室，今天帶妳來就是認個路。」

葉涵歌有點反應不過來，這是接收她了嗎？那剛才那些莫名其妙的話又是什麼意思？虧她有一顆強大的心臟，不然這半天大起大落的，肯定要被嚇出心臟病了。

這時候電梯門在面前打開，他卻沒有要進去的意思——原來只是來送她的。

道謝進了電梯，門剛要闔上，她又想起一件很重要的事情：「實驗室平時都開著門嗎？我沒有鑰匙。」

他猶豫了一下說：「我也只有一把鑰匙，不過這段時間我大多數時候會待在那裡。哦，為了防止妳來了我不在，來之前可以提前打電話給我。」

葉涵歌想都沒想就掏出手機：「我還沒有你的號碼。」

他的表情有點古怪，但還是報出了一串數字和他的名字景辰，葉涵歌先在手機裡輸入那串號碼，緊接著號碼下方立刻出現號碼主人的名字——「男朋友」。

冷不防看到這三個字，葉涵歌險些把手機丟出去。

景辰連忙控制住電梯不讓門關上，有點擔心地問她：「怎麼了？」

葉涵歌尷尬地笑笑，迅速收起手機：「沒事，我存好了。」

景辰點點頭，鬆開手前，他又上下掃了她一眼，然後有點不自在地咳了一聲：「以後來實驗室不要穿成這樣。」

葉涵歌頓時覺得整個人都灼燒了起來，血液直衝天靈蓋，人生中少有的羞愧幾乎要將她吞噬。

她紅著臉點點頭：「不好意思，今天有點熱，以後一定不會的。」

對方猶豫了一下，似乎還想說點什麼，但葉涵歌沒有給他這個機會，倉皇間按下關門鍵：「明天見，景師兄。」

說完，努力擺出個得體的笑容，直到電梯門在他們之間緩緩闔上。

電梯門剛剛關上，葉涵歌就手忙腳亂地又掏出手機來看。很捨不得，不過她猶豫了一下，還是把「男朋友」三個字換成了「景師兄」。

雖然景辰比景鈺小幾個月，但也比葉涵歌大了一歲。所以以前叫他學長，現在叫他師兄，並不覺得有什麼違和感，比起人人都可以叫的他的名字，這樣的稱呼倒是有一種自己臆想出來的曖昧。

不過她很快又意識到一個嚴峻的問題，昨天發神經傳給他的那則簡訊，他很可能還沒有刪掉，如果再聯繫他，很容易就會發現那個傳訊息的人是她，到時候該怎麼解釋？

想了一路，也沒想出既合理又不至於表露心跡的理由，思來想去，如果不想換號碼，只能儘量不去聯繫他，但也不知道這樣能撐多久。

葉涵歌垂頭喪氣地回到宿舍，景鈺正在化妝。

見她進門，景鈺放下眉筆：「臉色怎麼這樣？斬獲師兄芳心的任務失敗了？」

葉涵歌看她一眼，猶豫著在實驗室見到景辰這事要怎麼跟她說。

景鈺見她神情恍惚，以為被自己說中了，上下掃了她一眼，判斷是哪裡出了問題，末了得出結論：「太保守。」

葉涵歌有點摸不著頭緒：「什麼太保守？」

「當然是妳今天穿得太保守。」景鈺痛心疾首的同時，起身去翻自己的衣櫃，找出一件比三角小內褲長不了多少的牛仔短裙，以及一件領口開得很低的T恤，「早知道讓妳穿這身去了，保證萬無一失！」

葉涵歌掃了那身行頭一眼，無比慶幸地抽了抽嘴角：「算了吧，他就算拒絕我也不會是因為這種事。」

景鈺不以為然：「在我們這種男女比例嚴重失調的科系，稍微有點姿色的師妹都會受到師兄們的各種關照。妳絕對是遇上品味刁鑽的了！如果不是風格有問題，那就是性別有問題。」

葉涵歌覺得自己已經不能控制表情了，糾結了一下才問景鈺：「妳知道他是誰嗎？」

景鈺來了興致：「是誰？我認識？」

「妳上一次和妳堂弟聯繫是什麼時候？」

景鈺仔細想了想：「很久了吧，不記得了。妳快說那師兄是誰，提景辰幹什麼？」

景鈺這反應更加證實了葉涵歌心裡的猜測——看來景辰回國的事情家人多半還不知道。

她嘆了口氣說：「有時候我都懷疑，妳們到底是不是姐弟。」

景鈺翻了個白眼：「別人說這種話就算了，妳對我們家的情況還不瞭解嗎？我雖然是那小子的堂姐，但也只比他大幾個月，而他呢，雖然年紀只比我小那麼一點點，但是每次考試分數都比我高那麼多！後來甚至還破格跳了兩級，直接變成學長了！我作為姐姐的尊嚴呢？他考慮過嗎？妳問我是不是他堂姐，我只想說，他對我而言，就是一個永遠擺脫不了的噩夢！」

葉涵歌懶懶地掀了掀眼皮：「我以為妳早就習慣了。」

景鈺正要說什麼，突然意識到一個問題：「妳這時候說起他，難道是因為專案面試不順利，真的下定決心出國了？」

葉涵歌靜靜地看著她，片刻後說：「不是我要出國，是他回國了。」

半小時後，資訊學院實驗大樓下，景鈺對著電話嘶吼：「別等我上去，你自己給我滾下來！」

景鈺的咆哮聲在樓宇間迴盪，葉涵歌甚至看到幾個低樓層的窗戶被人打開，有好事者躲在窗後探頭探腦。

她一時間有點手足無措，早知道景鈺反應這麼大，她打死都不會說出來。

眼下勸也不是，不勸也不是。

所幸景辰很快下來了，見到她和景鈺在一起並沒有絲毫的意外，看來早就認出她了，難怪會是那樣的態度，多半是半年前那天晚上的事情也記起來了。

葉涵歌的心裡有點亂，不過讓她更加心煩意亂的是，景辰的出現並不能安撫暴躁的景鈺。

景鈺也不管周圍是不是還有人，毫不客氣地對景辰說：「還真的是你啊！我以為涵歌認錯人了呢！你在國外的導師和研究方向不是都定好了嗎？怎麼突然又回來了？犯了什麼錯被開除了？」

景辰冷冷地瞥她一眼：「妳覺得有可能嗎？」

確實不可能，他今年雖然剛剛研究所一年級，但是之前已經發表了幾篇含金量很高的論文，在學術研究方面也有了一些成績，於同齡人中絕對算是佼佼者了，這樣的人是不可能被輕易放回來的。

葉涵歌在一旁聽著，也開始猜測他到底為什麼回來。

景鈺撇撇嘴說：「那可說不準！你什麼時候回來的？回來前至少要跟家裡商量商量吧？誰允許你回來的？」

她連發數問，氣勢迫人，而站在對面的景辰卻只是雙手插在褲子口袋裡，目光遊蕩在周遭，就是不停留在對面的堂姐身上，臉上是遮掩不住的生無可戀的表情，昭示著他的耐心即將告罄。

葉涵歌很想上去提醒一下，周圍看熱鬧的人已經很多了。但是又有點不好意思，畢竟這場鬧劇中，她已經充當了那個挑事的人，現在再跳出來提醒，有點惺惺作態的嫌疑。

她不經意抬頭，發現景辰正看向她，連忙做出個略感歉意的表情，祈禱對方能讀懂她的想法。

也不知道是他真的讀懂了，還是有其他原因，景辰開口時語氣竟然還算和緩：「家裡我自己會去說。至於妳，這麼關心我什麼時候回來，無非就是惦記著讓我從免稅店幫妳帶東西吧？」

景鈺被堵得啞口無言，不自覺咽了口口水。

她努力為自己辯駁：「這次跟以往不一樣，畢竟在哪裡讀書是大事，我作為你堂姐，是真的關心你，擔憂你的前途！」

景辰笑了一下：「謝謝啊，不過我的堂姐，妳現在也大三了吧，自己的前途考慮了嗎？保送研究所我看是沒機會了吧？考研究所嗎？還是直接混到畢業等著失業？」

「你……」

景辰沒給她反唇相譏的機會，抬手看了眼時間，直接繞過她往校門的方向走：「別在這裡讓人看熱鬧了，找個地方，邊吃飯邊說吧。」

景鈺原本還有點生氣，一聽到要去吃飯，心情好轉了不少，不情不願地跟上他，同時朝葉涵歌招招手：「我們要吃咖哩蟹！」

雖然葉涵歌早知道他們姐弟的相處模式一向就是如此，小打小鬧不斷，但今天這事的確跟她脫不了關係，景辰不怪她就好了，哪裡好意思跟去蹭飯？再說他們這麼久沒見，一會兒少不了要說點不足為外人道的家事，她在一旁坐著算怎麼回事？

葉涵歌躊躇著，正想著找什麼理由不跟著去吃飯，卻見景辰突然停下腳步回頭看著她：

「妳想吃什麼？」

葉涵歌有點意外：「我？那個……其實……」

「泰餐、西餐，還是火鍋、烤肉？都可以。」

葉涵歌接不上話，傻在原地。

景鈺不滿：「你怎麼不問問我的意見？」

景辰直接無視了他姐的挑釁，目光坦蕩蕩地直視著葉涵歌：「正好吃飯時跟妳聊一下專案的事。」

景鈺雖然對景辰的態度很不滿意，但一想到能帶著閨密宰大戶也是很開心的，於是上來拉葉涵歌：「對對對，妳看妳們這是什麼樣的緣分哪，必須要吃頓好的慶祝一下！再說妳幫他打雜，他請妳吃飯，天經地義！」

最後景鈺終究沒吃上她心心念念的咖哩蟹，因為讓葉涵歌選，葉涵歌就藉口下午有課，選了家離學校很近的小川菜館。

一開始景鈺還有點不高興，後來等幾道色澤香氣誘人的招牌菜一一端上來後，食指大動，顧不上埋怨了。

吃得差不多了，她終於有空想起還有正事沒問，擦了擦嘴問對面的景辰：「說吧，為什麼回來？明明暑假的時候嬸嬸還說你在外面發展得不錯，不打算回來了，這才剛過一個多月，這是發什麼神經？」

景辰瞥她一眼，沒理會他姐這不太友善的措辭，聲音平穩無波地回覆：「那時候就決定回來了。」

景鈺瞪大眼睛：「所以你不是臨時起意，而是蓄謀已久？」

景辰沒回話，算是默認了。

景鈺愣了一下點點頭：「也是，你要是提前和他們說你想回來，大概沒有人會同意。」

以微波、毫米波這個專業領域而言，D大的技術水準幾乎可以代表國家水準，也在國際上享有一席之地，所以在國內搞研究和在國外搞研究的差別不算太大，但他放棄的那可是史丹佛啊！還有他那個導師，聽說也是領域內的頂尖人才。如果不是被人家退回來的，那究竟是因為什麼，讓這個向來冷靜沉著的堂弟做出了這麼喪心病狂的選擇呢？

景鈺大膽猜測：「你不會是為了她才決定回來的吧？」

景鈺這話一出，葉涵歌不由得看向她，就見景鈺神色曖昧地朝景辰揚了揚眉毛，而景辰竟然難得地有點慌張，眼神閃爍間瞥了眼她的方向。

葉涵歌這才搞清楚景鈺說的那個「她」是誰，沒猜錯的話應該是指景辰暗戀多年的那個女生，而他剛才略顯慌張的神色足以說明景鈺說對了。至於倉皇間瞥向自己的那一眼，大概是覺得這種事情當著這個外人的面說有點不好意思吧。

葉涵歌頓時覺得心像是被一隻粗糙有力的手狠狠扼住，她低著頭垂著眼，筷子無意識地攪動盤子裡的一根青菜，努力降低自己的存在感，也告訴自己不要去關心，知道得越少反而越好。

可是理智是一回事，實際上卻是忍不住豎著耳朵等著下文。

景鈺明顯也從景辰的神色中讀懂了什麼，驚訝地和他確認：「還真的是因為她啊？這讓我更好奇了，這女孩到底是何許人也！看樣子手段了得啊，隔著一個太平洋都能讓你為她這麼神魂顛倒。」

葉涵歌依舊低垂著眼簾，心已經痛得有點麻木了，她不敢去看對面的景辰是什麼樣的神情，怕一不小心就洩露了自己的情緒。但是不看不等於不知道，他沒有任何反應，這足以說明景鈺說的全都是真的。

「對了，你們發展到哪一步了？」景鈺八卦兮兮地窮追猛打，「是不是已經……不然她憑什麼要你回來？」

「咳咳咳咳咳……」

景辰終於有了反應，葉涵歌不自覺地抬頭去看，只見他一手掩嘴，咳得滿臉通紅，啞著嗓子反駁景鈺：「瞎說什麼呢！我們還什麼都不是。」

說話間他又朝葉涵歌看了一眼。

這一眼讓葉涵歌再也坐不住了。都第幾次了，他那麼介意有外人在場，她再這樣乾坐著聽他的八卦就太不懂事了。

她起身對桌上的二人說：「我去個洗手間，你們繼續。」

這家小餐館的洗手間需要繞到後門附近。出了門，葉涵歌仔細回想著剛才他們姐弟的每一句話，以及景辰的每一個細微的表情，得出了大概的結論——他和那個暗戀許久的女孩子還有聯繫，但兩人還沒有確立關係，他回國就是為了她。

葉涵歌仰天長嘆一聲，原來梁靜茹誠不欺我，人到難過的時候，果真連呼吸都會痛。

從洗手間出來後，葉涵歌沒有再回到餐館裡面，她傳了訊息給景鈺，說實驗室有點事，她先走了。

其實也算不上什麼緊急的事情——早上見面時向曹文博借了幾本專業相關的書，曹師兄說幫她找找，沒想到效率這麼高，剛分開幾個小時就找好了，說隨時等她去拿。

她不想再回到景家姐弟身邊，這就成了個提前離開的好藉口。

曹文博吃過午飯正在實驗室裡吹著空調打著手機遊戲。葉涵歌一進門，他就看到了，把手機扔到一旁招呼她坐。

葉涵歌看了眼四周，有不少師兄、師姐在午休，她怕打擾到別人，壓低聲音說：「不打擾了，我拿了書就走。」

曹文博卻說：「先別著急走，我跟妳說一說。」說著他翻開那堆書中的一本，「妳現在的時間最寶貴了，案子要做，但也不能耽誤今年的課，今年必修課的學分都高，對保送排名影響不小。這些書妳想要看完，沒幾個月肯定不行的，我幫妳提前畫一下重點……」

曹文博說的的確也是她現在最擔心的，專案加分不一定能混到，搞不好還會影響考試成績。所以曹文博做的這些真的是幫了大忙。

葉涵歌認真聽著，先看哪本書，再看哪本書，哪些理論在實踐中經常用到等，她都仔仔細細地記了下來。

半小時後，曹文博交代好這些送她離開。

葉涵歌感念他為她想得這麼周到，想了一下說：「師兄，你晚上有空嗎？」

曹文博撓了撓頭彆彆扭扭地說：「只要老闆不找我，晚上都沒什麼事。怎麼了？」

葉涵歌微笑：「我還有挺多問題想請教你，要不然晚上一起吃個飯吧？」

曹文博想都沒想就答應下來：「好啊！妳想吃什麼？」

葉涵歌說：「東門附近有家烤魚店，我和室友之前去吃過，味道還不錯，要不然就去那？」

「沒問題，我吃什麼都行，以妳為主。」

葉涵歌朝他笑笑，正要再說點什麼，忽然聽到走廊前面有人咳嗽了兩聲。這聲音很刻意，如果不是真的嗓子不舒服，就是在提醒周圍的人他的存在。

整個實驗大樓都在午休中，走廊裡只有她和曹文博，以及那個正朝他們走來的人。

走廊的盡頭是一扇朝西的窗子，那人背光而來，葉涵歌只能看到一個頎長的黑色剪影。隨著那人越走越近，她可以確定對方是誰了。

他怎麼這麼快就回來了？

而她明明也沒做什麼，此時的心跳怎麼這麼快？血液不由自主地往臉上衝，這種感覺就像是做了壞事被人當場抓包一樣，讓她既緊張又羞愧。

隨著景辰越走越近，他俊朗的五官也越來越清晰。

曹文博認出他，笑著打招呼：「吃過飯了？」

景辰朝曹文博點點頭又看向葉涵歌，最後審視的目光停留在了她手上的那些書上：「這些書是跟文博借的？」

他的聲音一向清冷，但好在語氣還算溫和。

葉涵歌應了一聲點點頭：「想多學一點，希望對專案有幫助。」

曹文博在一旁幫腔：「對啊，葉師妹特別上進，這還沒進專案組呢，就開始充電了。」

景辰微微揚起嘴角，露出一個似笑非笑的表情，似乎頗為讚賞地點點頭。

但葉涵歌總覺得哪裡不對勁，果然見他笑過之後，好看的眉頭又微微蹙起，目光再度停留在她手中的幾本書上：「《高等電磁場理論》、《計算電磁學》……可我記得妳早上說過，這些妳早就開始看了。」

葉涵歌一時啞口無言，沒想到早上隨口編的謊話這麼快就被他拆穿了，關鍵還是當面拆穿，一點面子都沒留。

葉涵歌焦頭爛額地想著怎麼解釋，但景辰好像只是隨口一問。

他並沒有糾結這個問題，而是轉向曹文博：「對了，上次例會上，老闆說的那個裂縫天線的研究，我遇到了一點問題，等你有空的時候一起討論一下。」

曹文博一口應下：「我送送師妹，回頭來找你。」

景辰滿意地點點頭，又看了眼葉涵歌，這才離開。

葉涵歌心煩意亂地回到宿舍，景鈺也剛回來不久，正在換衣服，見她回來問她：「妳怎麼突然走了？實驗室的事情解決了？」

葉涵歌放下手上的書解釋道：「嗯，我跟曹師兄借了幾本書，剛才就是去拿這些書的。」

景鈺掃了一眼桌上的書，不疑有他：「妳這個曹師兄也真是的，拿幾本書急什麼？」

葉涵歌心虛地呼出口氣，沒再說話。

景鈺又問：「妳在實驗室看到景辰了嗎？」

「嗯，出來的時候遇到了，妳們怎麼那麼快就吃完了？」

景鈺撇撇嘴：「沒什麼可聊的，吃完就回來了。」

「我走的時候不是聊得挺好的嗎？」

「本來妳走後我想套他的話的，問問那女生到底是誰，結果這傢伙嘴巴比妳還緊。他又說實驗室有事，就草草吃完回來了唄。」景鈺嘆了口氣感慨道，「我發現景辰那傢伙還真是悶騷得要命，喜歡一個女孩這麼多年也不聲不響的，本來以為他出去這麼長時間，這件事就不了了之了，誰知道這次竟然為了人家搞出這麼大的動靜！好想知道對方是誰呀！」

葉涵歌聽完靜默了半晌說：「大概很快就知道了。」

景鈺來了興致：「妳有線索？」

葉涵歌搖頭：「他為了那女孩回國，這不是小事，應該是有很大的決心才會這麼做。所以我猜那個姑娘也不會一點表示都沒有，說不定就差臨門一腳了。到時候兩人公開了關係，大家就知道了。」

她也不知道自己是以什麼樣的心情說出了這番話，混亂不堪的思緒中，有一點特別明確——如果真有那麼一天，她一定要躲得遠遠的。

也是到了這一刻，她才明白，她對他的感情已經不是遠遠看著他幸福就能滿足了。

誰知景鈺「哈」的一聲，不以為然地笑了：「算了吧，妳太不瞭解我這個堂弟了。」

葉涵歌問她：「怎麼說？」

「妳沒關注他的社群，大概不知道，這傢伙又是秀尾戒又是秀什麼『一人食』的，就差渾身上下寫滿『求交往』了，我都替他心疼。」

葉涵歌澈底傻了：「這除了說明他單身，還能說明什麼？」

景鈺恨鐵不成鋼地說：「妳怎麼就不明白！我問妳，妳覺得景辰是個什麼樣的人？」

景辰對她而言是什麼樣的存在？大概就像太陽一樣，心之所向，卻也太過耀眼，而讓她不敢輕易靠近吧。

葉涵歌斟酌著措辭回答說：「成熟穩重、成績好、能力強，好像什麼事情對他來說都不是難事。」

景鈺一拍手：「沒錯！就是好像對什麼都不在乎，但最後什麼都能做得好的那種人！是不是很厲害？是不是很讓人羨慕、嫉妒、恨？」

葉涵歌怔怔地點頭。

景鈺不屑地輕哼一聲：「他的那份什麼都不在乎和遊刃有餘全都是裝的。這人從小就有這個毛病，很少明確地表達自己喜歡什麼、在意什麼，好像這些事一旦被人知道了，他就被人掌握了什麼致命的弱點似的。妳知道這是什麼心態嗎？」

葉涵歌怔怔地搖了搖頭。

「這就是軟弱的表現啊！害怕別人知道他喜歡的得不到，在意的做不好，追根究底就是沒有勇氣直面自己也有做得不夠好的時候！所以在感情這件事上，妳覺得他會大大方方地對那女孩說我喜歡妳嗎？」

葉涵歌突然覺得，自己很難把景鈺口中的這個人和她認識的那個景辰聯繫在一起。

景鈺繼續道：「所以我猜，他在社群上曬那些，看似都是不經意的舉動，其實是一遍又一遍地暗示對方——我單身哪！妳快來招惹我啊！」

她不自覺地抽了抽嘴角，問：「不是……我還是不明白，妳是怎麼從他那張生人勿近的臉上看出『求交往』三個字的？」

景鈺冷哼一聲：「我們好歹有二十年的交情了，還能不瞭解嗎？以我猜啊，他跟那個女孩非但沒到妳說的『臨門一腳』的地步，甚至對方可能還不知道他喜歡她。就是不知道被什麼事情刺激到了，讓他突然決定回來。不過有一點可以確定，他們應該也經常聯繫，不然在社群上發那些，人家也未必看得到啊……」說到這裡，景鈺突然一拍大腿，「對啊，我怎麼就忘了這點，這個女生應該關注了他的社群帳號，我直接從他的粉絲裡找就好了！」

景鈺又說了什麼，葉涵歌已經聽不見了。

她以為那女孩對景辰也是有感情的，如今看來，竟然是在前途未卜的情況下就回來了。他喜歡的人可能不喜歡他，這對景鈺來說算是個好消息，可是葉涵歌卻高興不起來，因為她突然意識到，景辰對那個女孩子的感情可能比她想的還要深。

深吸一口氣，去洗手間重新洗了個臉，出來時發現景鈺蹲在電腦前不知在忙什麼。

她好奇地問了句：「忙什麼呢？」

景鈺頭也不回地自言自語道：「他只有這麼幾個粉絲，看來看去誰也不像啊！」

葉涵歌這才明白，原來景鈺在找景辰暗戀的那個女孩。

她讓自己別去關注這些：「下午還有課，現在不準備出門就要遲到了。」

景鈺沉默了片刻突然說：「只有這個人嫌疑比較大了。」

葉涵歌還是沒忍住，探頭過去看了一眼，這一看，手上的爽膚水瓶子差點沒拿穩。

景鈺電腦螢幕上顯示的正是她的小號的主頁。

景鈺自顧自地分析道：「別看這個帳號註冊時選的性別是男，但妳看這矯情的名字『臘月十六天氣晴』，一看就是女孩才會取的啊！而且我推測這個日子和我弟可能有關係！另外，妳看她雖然發過的內容很少，可是偶爾會給一些發文點讚，這些發文很多都和金寧有關，說明這人也是金寧人。當然最重要的就是，從她的主頁上看不出她的身分，不像景辰的其他粉絲，可以確定大部分都是男的，偶爾有幾個女性，人家社群上還全是秀恩愛的。所以我有九成把握，這人就是景辰暗戀了多年的女孩！」

「不可能。」葉涵歌幾乎是想都沒想就反駁道。

話一出口她就後悔了。

果然就見景鈺狐疑地抬頭看著她：「妳怎麼這麼肯定？」

葉涵歌支吾了兩聲，急中生智道：「如果像妳說的那樣，他喜歡她，他們平時還有聯繫，那景辰至少會關注人家吧。妳看這個帳號，很可能就是個僵屍粉，景辰根本沒注意到。」

景鈺微微蹙眉，看到這帳號將近四位數的關注和個位數的粉絲也猶豫了。

葉涵歌見狀繼續道：「就算這人不是僵屍號，是金寧人又怎麼樣呢？單憑這些內容，既不能確定性別，更不能確定和景辰有什麼關係。就我看來，兩人應該沒有交集。」

景鈺被說服了，洩氣地關掉網頁：「難道我分析錯了？那女孩沒關注我弟的帳號，還是我剛才漏掉了某個嫌疑人？不行，我要重新篩選一遍！」

葉涵歌鬆了口氣，問她：「下午的課妳還去不去？」

景鈺擺擺手：「這麼熱的天，實在懶得動了。妳幫我點個名吧。」

葉涵歌下午有四節課，下課的時候到了晚飯時間。

葉涵歌和曹文博直接約在吃飯的地方見面。可是葉涵歌等了快半小時，曹文博才匆匆忙忙趕到。

見他滿頭大汗氣喘吁吁的樣子，葉涵歌一邊替他倒了杯茶，一邊問他：「有什麼事耽擱了嗎？」

曹文博道了聲謝，端起茶杯牛飲了兩口，這才回答：「也沒有什麼事，中午的時候景辰不是說有問題要和我討論嗎，我送完妳回去找他，他說晚點找我，後來這人就消失了，怎麼也聯繫不上，直到剛才我要出門的時候他才出現。本來想說吃完飯再回去跟他討論的，他說不耽誤我太久，就十分鐘，我就聽他的，跟去看了一下模擬結果，沒想到問題還挺麻煩的，十分鐘根本搞不定。他那人妳也知道，科學研究狂人，不搞清楚不放我走，所以才來晚了，抱歉抱歉。」

葉涵歌擺擺手：「沒事，反正我也不餓。」

她把菜單推給曹文博：「你看看想吃什麼。」

曹文博說：「不用問我，妳決定就好了。」

葉涵歌問：「你能吃辣嗎？」

曹文博正要回話，放在桌上的手機突然響了。他看了眼來電顯示，朝葉涵歌抱歉地笑笑，接通前丟下一句：「我不忌口，什麼都能吃。」

說完就接通電話起身往店門口的方向走。

葉涵歌見狀只好招來服務生，點了條長吻鮠，做成一半辣一半不辣的口味。配菜和飲料就隨自己的喜好隨便點了一些。

她確認好點的菜，曹文博的電話還沒有打完。

他怕吵到葉涵歌，刻意站得遠了一點，但說話的內容葉涵歌還是隱隱約約能聽到一些，應該還是和他們做的專案課題有關的。

這通電話講了足足十分鐘，曹文博才回到座位上來，這一次他臉上的笑容更勉強了：「真的很不好意思啊。」

葉涵歌笑笑：「沒關係，是林老師嗎？」

「是景辰。」

葉涵歌問：「景師兄有什麼要緊的事嗎？」

「沒什麼要緊事。」

說話間他也有點想不明白，皺了皺眉。

說起景辰，曹文博順著話頭說下去：「對了，景辰有跟妳說以後做什麼了嗎？」

葉涵歌搖搖頭：「景師兄只說讓我以後沒課的時候去實驗室，要做什麼還沒跟我說，大概過兩天就會交代我了吧。」

曹文博點點頭：「景辰這個人啊，妳別看他不太熱情，其實人還是很好的，平時實驗室裡大家誰有解決不了的問題都會請教他，他也很有耐心，幾乎是有求必應。」

「景師兄他……很厲害嗎？」

景辰很優秀，這一點葉涵歌早就知道了，可是再厲害畢竟也才研究所一年級，而且他應該是實驗室裡年紀最小的。

曹文博像是看穿了她的想法似的說：「妳是不是想說他才研一，能厲害到哪裡去？」

葉涵歌不置可否。

曹文博頗為悵然地嘆了口氣：「景辰讀學士的時候成績就特別好，平時跟著大家一起吃飯、上課、打球，偏偏考試的時候我們其他人都是六十分低空飛過，只有他幾乎滿分，連續兩年成績績點都是四點零。不過他確實從不浪費時間，我們在宿舍打遊戲的時候，他也參與過兩次，打得還不錯，但後來就不玩了，說沒意思、沒意義。之後出國了，這兩年聯繫不多，但一回來我就知道，肯定是趁著我們這兩年打遊戲的時候玩命搞研究呢。他懂的真的很多，有些我們博士師兄都解決不了的問題，他都可以解決。有時候我都會想啊，人和人真的沒辦法比，比你聰明的人還比你更懂得想要什麼，有更強的自律能力，這太可怕了。」

如果說在這之前，他離開的這幾年，她想像不出現在的他有多麼優秀，那麼聽完曹師兄的這番話後，彷彿親眼見證了他這幾年的生活。

她一點都不意外，這就是她知道的景辰。

兩人正說著話，曹文博的手機又響了起來。

他看了眼來電顯示，表情中閃過一絲困惑。

這一次葉涵歌也看到來電人是誰了。

她大方地笑笑：「可能真的有急事，快接吧。」

曹文博也朝她笑笑，接起電話往偏僻安靜的地方走。

等曹文博回來的時間，葉涵歌點的烤魚已經被端了上來。

十分鐘後，曹文博總算掛斷了電話回來，表情中帶著一絲不易被察覺的古怪。

葉涵歌問：「怎麼了？」

曹文博猶猶豫豫地說：「可能景辰也沒像我說的那麼厲害吧，偶爾也有……嗯，偶爾也有腦子不太靈光的時候。」

說到這裡，曹文博有點煩躁：「他今天也不知道怎麼了，一個挺簡單的問題，翻來覆去糾纏個沒完，我說等一下吃完飯回實驗室幫他解決，他一下子都等不了。」

「哦，那我們快點吃吧，別耽誤了。」

曹文博嘿嘿一笑說：「沒事，讓他等等怎麼了，難得他也有用得著別人的時候。」

結果這一頓飯吃得一波三折，曹文博的電話幾乎是十幾分鐘就會響一次，到後來他也尷尬了，草草結束了這頓飯。

葉涵歌早就趁著他接電話的時候買了單，這讓曹文博更不好意思了：「哪能讓師妹請客，而且妳看……被我打擾得肯定也沒能好好吃吧。」

葉涵歌說：「應該的，師兄幫了我這麼大的忙，一頓烤魚而已，不算什麼，而且是你沒怎麼吃吧，我都吃撐了。」

兩人一起離開烤魚店，葉涵歌要回文昌苑宿舍，曹文博要回實驗室，兩人穿過校園，在實驗大樓下分道揚鑣時竟然又遇到了景辰。

曹文博見到他明顯愣了一下：「你要去哪？不是說急著讓我回來解決那個參數的問題嗎？」

景辰的目光淡淡掃過葉涵歌，也不知道是不是因為此時光線不太好的緣故，葉涵歌覺得，這一眼比白天幾次見面時冷淡了許多，讓她好像又回到了半年前的那個傍晚——他在人群中遠遠地跟她對望一眼，然後一言不發、視若無睹地掉頭離開。

他的目光最後停在曹文博臉上：「解決了。」

短短三個字，讓在場的兩人表情各異。

曹文博不滿道：「你這麼心急如焚地叫我回來，然後幾分鐘就解決了？」

景辰聳聳肩，表示他也很無辜。

他問曹文博：「那你現在要去哪？」

曹文博看了眼時間，才八點多，只好說：「還能去哪，回實驗室唄。」說完回頭對葉涵歌抱歉地笑笑，「今天實在不好意思，改天我請客賠罪。」

葉涵歌善解人意地笑笑，表示沒事。

曹文博說：「那我先上去了。」

葉涵歌揮手：「師兄再見。」

曹文博走出幾步才意識到景辰沒有跟上來，回頭問他：「你不上去？」

「我有點事。」

目送著曹文博離開後，葉涵歌正想和景辰道別，卻聽他說：「走吧。」

她不解地回頭看他一眼，她要回文昌苑，跟他不同路。

就聽景辰又說：「我找景鈺。」

「哦。」葉涵歌了然地點點頭。

金寧市的頂尖大學不少，各所學校都有自己的特點，有的以校園美著稱，有的以學生餐廳的飯菜好吃聞名，也有以女孩子較多被人關注的，唯獨D大是以學風正出名的。

此時夜幕低垂，過了晚飯時間，校園中除了小情侶，縱橫交錯的小路上幾乎沒什麼人，而遠處一幢幢教學樓和圖書館卻燈火通明，走近了隱約能看到一個個專注伏案的腦袋。

葉涵歌看著地上被路燈拉長的兩道比鄰的影子，她的頭頂才到他的肩膀處，有那麼一瞬間，心裡泛起隱密的甜蜜來。

如果她沒記錯，這應該是兩人第二次這麼並肩走在一起。

第一次是五年前。她在景鈺家做客，那天期末考試剛結束，兩人對完答案覺得都考得還不錯，就湊在一起聽歌聊八卦，當時周傑倫的〈青花瓷〉家喻戶曉，聽到副歌的部分時還合唱起來。

時間過得很快，葉涵歌想起該回家的時候發現已經九點多了。

其實還不算太晚，但因為是冬天，夜色格外濃郁。

景鈺不放心她一個人走，敲開隔壁房間的門，開門的男孩身材修長，穿著居家的休閒長褲和圓領毛衣，毛衣下的格子棉布襯衫翻出兩片整齊的衣領。房間的燈光從頭頂傾瀉而下，讓他精緻的五官顯得更加立體深邃，卻也模糊了他的表情。

當景鈺提出讓他送她時，她不記得他說了什麼。

那扇門闔上後，她才像重新活過來一樣，不可置信地小聲問景鈺：「妳堂弟住妳家啊？」

景鈺聳聳肩：「他家離學校太遠，他想住校，但我叔叔、嬸嬸不放心，我媽就讓他住我家了。」

葉涵歌點點頭，隨即又想起什麼：「他是不是不願意送我？其實沒什麼，外面路人還挺多的，我自己回去也可以。」

兩人正小聲說著話，那扇門重新打開，景辰套了件簡單的黑色長款羽絨服走了出來，經過她們時，只淡淡說了句「走吧」。

葉涵歌家離景鈺家不算遠，走路大約要二十分鐘。一路上葉涵歌都在糾結一個問題，剛才她在隔壁唱〈青花瓷〉，到底有沒有被他聽到，以至於一路都沒顧得上找話題聊，而景辰又是個不會主動和人說話的性子，所以兩人就這麼一路無話地走了二十分鐘。

直到到了葉涵歌家樓下，她才如釋重負地道了謝轉身離開，但是隔了老半天，她都沒聽到身後人離開的聲音。

回頭看，他就那麼雙手插在口袋，靜靜佇立在夜色中，看著她的方向。

心在那一刻猛跳了幾下，之後葉涵歌時常回憶起那一幕，少女綺麗的夢，或許就是從那一刻開始的。

二〇一五年年初的那個冬天，她永遠都忘不了的日子。

在景辰的注視下，她壓抑著雀躍的心情上了樓。確定離開了他的視線，才忍不住手舞足蹈，喜形於色。直到進了家門，看到媽媽正在沙發上滑手機，她突然問道：「今天是什麼日子呀？」

「什麼日子？」媽媽疑惑地抬頭打量她，又低頭去看手機，「臘月十六，快過年了。」

「烤魚好吃嗎？」身邊的人突然開口。

葉涵歌愣了一下，頓覺尷尬無比。其實她請曹文博吃飯也是臨時起意，如果景辰不知道，這就是件再小不過的事，偏偏他知道了，都是她的師兄，她卻只邀請了曹文博沒邀請他，這就顯得太小家子氣了。

「還可以。」葉涵歌頓了頓說，「其實晚上想叫你一起去的，但是曹師兄說你晚上有個棘手的問題一直在處理，沒有時間和我們一起吃飯……沒想到你這麼忙。」葉涵歌說到這裡，想起了什麼，不確定地回頭看景辰，「景師兄，你不會忙到現在都還沒吃飯吧？」

月光下他雙唇緊抿，那是一個喜怒難辨的神情。

葉涵歌的心漸漸提了起來，這句話純屬客套，如果他說沒吃，那她怎麼辦？說我陪你再去吃點宵夜？她當然是願意的，可是這樣會不會太主動太曖昧了？

所幸片刻後，她聽到他說：「吃過了，不過今天確實比較忙。」

葉涵歌悄悄鬆了口氣。之後兩人不約而同地都沉默了下來，直到能遠遠望見文昌苑宿舍區了，景辰才再度開口：「中午妳從曹文博那裡借的書，我看有兩本都是舊版的，比起新版本還是有很多不一樣的地方，我那正好有新版的，明天妳去實驗室的時候找我拿一下。」

其實對於葉涵歌這種入門級選手來說，看舊版還是新版差別不大，但是景辰既然這麼說了，她也不好拂逆人家的好意，於是從善如流地說了聲「好的」。

景辰瞥了她一眼，猶豫了一下又說：「以後想看什麼書跟我說就可以了。」

葉涵歌怔了一下，心說她可不敢，上午剛編完瞎話說已經自學過了，下午就跑去和他借書，不是自己打自己的臉嗎？拋開這一層原因的話，她和曹師兄借書也沒什麼不對吧？

景辰像是看穿了她的想法說：「專案上有專門的經費可以購置一些相關資料和參考書，既然有正經途徑解決，就用不著欠人人情了。」

葉涵歌覺得這話怪怪的，但又說不上哪裡怪，所幸眼前就是宿舍了，她看了眼樓上，她們寢室的燈是亮著的，於是說：「我去叫景鈺下來。」

說著就小跑著進了大門。

直到確定景辰看不到她了，才漸漸放緩了步伐。

景鈺見她氣喘吁吁地回來，問她：「怎麼出這麼多汗？跑上來的？」

葉涵歌擺擺手，沒回答她的問題：「景辰找妳，在樓下等著呢。」

景鈺聞言有點意外，掃了眼窗外，果然見一個挺拔的身影站在她們宿舍門前的那片空地上，惹得路過的女生頻頻回頭。

她一邊嘀咕著「也不知道什麼事」，一邊拖拖拉拉地換衣服下樓。

景鈺離開後好一陣子，葉涵歌偷偷望向樓下，他們姐弟倆正好站在她能看到的地方。景辰的皮膚在夜色中白得發光，和他姐那小麥色的肌膚形成鮮明的對比。

兩人不知道說了什麼，短短一下子就見景鈺折返了回來。與此同時，還不等葉涵歌縮回腦袋，站在樓下的景辰驀然抬起頭，毫無預兆地朝她們宿舍的方向看來。

葉涵歌嚇了一跳，連忙躲回窗後，過了好一會兒才敢再看向窗外，而剛才他停留的地方已經沒有人了。

與此同時宿舍門被人從外推開，景鈺百無聊賴地走了進來。

葉涵歌狀似不經意地問：「有什麼急事嗎？」

景鈺撇撇嘴：「還不就是他瞞著他爸媽回國這事，回來兩個月了，家裡人還不知道，他剛才問我今天有沒有把這事告訴家裡。這麼大的事肯定要他自己去說啊，而且一定要給家裡一個合適的理由吧，我看他那朱砂痣、白月光多半是藏不住了！」說著景鈺又不解地皺了皺眉，「不過就是問句話，有必要親自跑一趟嗎，打個電話不就行了？」

葉涵歌沒仔細聽景鈺的後半段話，她的注意力全部停留在「朱砂痣、白月光」上。一提到這個，整個人就像被抽乾了精氣神一樣枯萎了——想到他那麼理智成熟的人竟然為了別人奮不顧身到這種程度，這種感覺已經不能用簡單的「心痛」二字來形容了。

第二天葉涵歌只有兩節通訊原理課，有大把的時間待在實驗室，所以她特地穿了最簡單的衣服，牛仔褲搭配白色T恤。

可惜她到的時候實驗室沒有人，去研究生辦公室找景辰，景辰和曹文博都不在。也不知道他們有沒有走遠，正當她猶豫著要不要先離開時，瞥見坐在門口附近的一個女生有點眼熟。

仔細一看，是她們學院的院花，大她一個年級的郭婷。

上一次葉涵歌跟著曹文博來辦公室找景辰時，完全沒有注意辦公室裡的其他人，此時在這裡見到她，也不覺得多奇怪。聽說她不僅長得漂亮，成績也很不錯，所以葉涵歌猜她多半已經確定要跟著林老師讀研究所了。

這麼想著，還挺羨慕這位女神師姐的。

她猶豫了一下走過去：「師姐妳好，請問景辰師兄和曹文博師兄他們今天上午有來嗎？」

郭婷聽到問話抬頭看她一眼，又不緊不慢地扭動纖長的脖頸，朝著景辰辦公桌的方向掃了一眼：「來過了，可能是出去了，應該沒走太遠。」

葉涵歌道了謝正想離開，又聽那個輕柔的聲音再度開口，卻是直接叫出了她的名字：

「葉涵歌對吧？」

葉涵歌有點意外，沒想到這郭師姐也認得自己。

郭婷露出一個淺淡的笑容，朝著她旁邊的空位優雅地揚了揚下巴：「要不然妳就在這裡等一下吧。」

葉涵歌想了一下，站在門口等人確實挺傻的，也就不再推辭，拉開椅子坐了下來。郭婷的注意力重新回到了她面前的那本書上，葉涵歌隱約能看到那書花花綠綠的封面，書名好像叫什麼《總裁的新娘》。

感受到她的目光，郭婷再度抬起頭來。

葉涵歌連忙錯開視線，輕咳了一聲：「師姐妳認得我？」

「妳不也認得我嗎？」

葉涵歌尷尬地笑笑。

也是，學院裡的女生不多，郭婷又只比她高一個年級，知道彼此也很正常。

郭婷卻說：「不過我認識妳應該更早一點。」

葉涵歌意外道：「怎麼會？」

她可是一入學就知道有郭婷這個院花了。

郭婷提醒她：「高中時那場全市英語演講比賽。」

郭婷這麼說，莫非她也是南城人？葉涵歌以前的確參加過各種演講比賽，可她對郭婷這個大美女一點印象都沒有。

郭婷見她沒想起來，似乎也不意外：「我以前是三中的。」

她還真的是南城人。

葉涵歌立刻笑了：「想不到我們還是同鄉。」

這話題讓兩人無形中拉近了距離，郭師姐也不再那麼冷冰冰的了，還主動問她：「妳做哪個專案的啊？」

「聽說是個關於可重構天線的專案，不過還沒確定讓我留下來。」

郭婷點點頭：「是景師兄帶妳吧？那妳留下來的希望還是挺大的。」

「為什麼？」

「他能力強，人也不錯，不會在老闆面前說別人不好，尤其……」郭婷頓了頓說，「他也是南城人，應該會對妳多照顧一點吧。」

以她和景辰那一言難盡的關係，其實她倒希望景辰別太「照顧」她，能公事公辦最好了。

不過在郭婷面前，也只能點點頭表示認同。

又坐了一陣子，葉涵歌才覺得這辦公室裡冷氣有點冷。再看身邊的郭師姐——美女對自己的穿著打扮總是很在意，她身高腿長，聽說身高有一百七十二公分，還不是那種乾巴巴的竹竿身材，該有料的地方非常有料，偏偏她這樣的身材又特別喜歡穿細肩帶、熱褲，比一般人的穿著更顯性感。

比起她的穿著打扮，自己昨天那露個小肩膀的連衣裙算什麼呀！

注意到她的目光，郭婷問：「怎麼了？」

葉涵歌猶豫了一下，小心翼翼地問：「實驗室對大家的著裝有要求嗎？」

郭婷不明所以：「沒什麼要求，基本是想穿什麼就穿什麼。」

葉涵歌問：「林老師也沒要求嗎？」

「林老師一個星期也只出現一、兩次，顧不上這些小事。」

「那其他師兄會不會管，比如景師兄？」

郭婷笑了，還是那種溫和、淺淡、高冷的笑：「我穿成這樣，景師兄從沒說過什麼。」

很顯然，景辰在看待實驗室女生穿著打扮這方面，對她們絕對不是一視同仁的。可究竟誰是那個例外，郭婷還是她，好像也不是那麼難猜了。

話說到一半，郭婷輕輕搓了搓手臂：「不過我還是建議妳來實驗室時多穿點，這裡是中央空調，不能控制，有時候溫度很低。」

兩人正說著話，身後響起腳步聲。

葉涵歌回頭看去，正是景辰。

景辰見是她，微微皺眉：「妳怎麼在這？」

葉涵歌說：「實驗室的門沒開，你又不在……」

「打電話了？可能沒聽見……」說著他拿出手機看了一眼，剛剛舒展的眉頭又皺了起來，「怎麼沒打電話給我？」

葉涵歌說：「我也是剛來，猜你沒走遠。」

景辰沒再說什麼，朝著門口的方向揚了揚下巴說：「走吧。」

郭婷自從見到景辰後又開始看她的書，直到他們離開，她都沒再抬起頭，又恢復了那副冷冰冰的女神模樣。

去實驗室的路上，葉涵歌始終落後半步跟在景辰身旁。空蕩蕩的走廊裡只有他們兩人，偏偏還沒什麼話說。為了不顯得太尷尬，葉涵歌佯裝捧著手機回訊息。

「妳的電話號碼，傳給我。」身邊的人突然說。

葉涵歌不由得腳下頓了頓，抬起頭對上景辰波瀾不驚的雙眸：「上次妳存了我的號碼，好像沒有回撥過來。」

葉涵歌立刻做出一副恍然大悟的模樣：「哦哦，這樣，那天太著急忘記了。等一下我傳個簡訊給你吧，不過可不可以先加個通訊軟體，更方便一點。」

景辰低頭拿出手機，找出自己的條碼把手機遞給她。

葉涵歌掃過之後將手機還給他：「也可以用網路電話，省錢。」

景辰看她一眼，什麼也沒說。

❄

實驗室裡一個靠近門的位子上多了一臺電腦，還有幾本教科書，她仔細一看，是新版的《高等電磁場理論》和《計算電磁學》，以及兩本軟體應用方面的書。

景辰指指那裡：「這段時間妳暫時坐在這吧，購買的新電腦還沒有到，這是以前的師兄留下來的舊電腦，速度有點慢，有什麼大型模型模擬可以放在伺服器上跑，好處是HFSS和CST都是現成的，不用再裝了。」

葉涵歌對他最後那句話裡的兩個名詞很陌生，料想應該是什麼常用軟體，但她也不確定自己沒聽過這兩個軟體算不算正常，所以依舊只是做出聆聽的姿態點了點頭，心中暗暗記了下來，想著回頭好好查一查，或者問問曹師兄。

景辰卻停了下來沒再繼續。

葉涵歌不由得抬頭去看他，他頓了頓說：「妳有什麼問題可以問我。」

葉涵歌想了一下：「目前沒有。哦，對了，專案資料是不是可以先傳一份給我？」

「暫時不用。」

「為什麼？」

景辰看她一眼，從桌上抽出兩本書，是除了《高等電磁場理論》和《計算電磁學》之外的那兩本。

他把兩本書平攤在桌上，放慢語速說：「HFSS，英文High Frequency Structure Simulator

的縮寫，CST是指德國CST公司做的微波工作室，和HFSS一樣是最常用的電磁場模擬軟體。妳先把這兩個軟體的基本操作學會，後面的工作才方便開展。」

葉涵歌頓時覺得臉上有點熱，懷疑自己剛才的不懂裝懂已經被識破了。

她連忙借著低頭看書掩蓋臉上可能已經蒸騰起來的紅暈。

片刻後就聽景辰又說：「每週二下午兩點開週會，屆時老闆和所有師兄都在，大家會彙報各自負責的專案的進展情況、難點突破等，到時候妳也參加吧。」

「哦，好的。」葉涵歌連忙點點頭。

景辰交代好這些卻沒有立刻離開，而是轉身走到面朝窗子的那個位子上坐下打開伺服器，將外接硬碟插上去，導入了一個模型，開始在伺服器上修改數據。

葉涵歌暗自慶幸伺服器在實驗室的最裡面，而她的位子在靠門的地方，這樣一來，她一抬頭就能看到他了，還不用擔心被發現。

這場景彷彿回到了幾年前，在他們那所高中的圖書館裡。

當時從高一到高三，下午的三、四節課全部是活動課，學生們要打球、閒聊或者自習、寫作業全都可以。

景辰高三時她才高一。照理說高一還沒什麼課業壓力，同年級的同學們活動課時也多數都在室外活動，但高三的學生就不一樣了，因為教室裡會一直被廣播打擾，所以多數人會選擇在圖書館裡自習。

葉涵歌就是在瞭解到這一點後，也開始去圖書館自習的。

中學的圖書館並不像大學裡的那麼大，當時開放的只有一樓的兩個閱覽室，她注意到景辰喜歡在社科閱覽室靠窗的位子自習，所以每次都會去得特別早，在社科閱覽室後排占個位子，等著他來。

學生時代優秀的少男少女就像是發光體一樣，走到哪裡都會引起周遭人的注意，更何況是長得好看又優秀的，所以當時的學校裡幾乎沒有人不認識景辰。

而她因為和景鈺交好，比別人對他的瞭解要多一些——知道他雖然比她們高兩屆，但其實和她們是同齡的，就因為從小成績好跳了兩級，才成了她們的學長；還知道他最喜歡的顏色是藍色，最喜歡的零食是巧克力，父母都是某研究所的高級工程師，堂姐是她的好閨密景鈺，但姐弟兩人關係似乎很一般。

起初她對他只是有點好奇，因為從景鈺口中瞭解到的他，和她在學校裡知道的那個他完全不同。所以總是習慣性地注意他、觀察他，時間長了，她搜集到的那些關於他的東西漸漸凝成了一粒包含情愫的種子，無聲無息地在少女的心底發了芽。但即便如此，她也從未想過把這隱密的心思告訴他，只想著能遠遠看著就好。

就像在圖書館時，她累了一抬頭，看到少年略顯消瘦卻足夠挺拔的背影，便莫名覺得安心且充滿了力量。

葉涵歌望著那身影片刻，低頭翻開桌上的書開始看了起來。

直到門外不時響起學生們說話的聲音，葉涵歌才再度抬起頭來，不知不覺中竟然已經到了午飯時間。

正當葉涵歌打算傳訊息問問景鈺要不要一起吃午飯，感覺到頭頂上的光線突然暗了下來，景辰不知道什麼時候走到了面前。

他抬手看了眼時間，看似隨意地問：「沙塘園還是文昌苑？」

他們學校在這個校區裡只有兩個學生餐廳，一個在文昌苑樓下，另一個在沙塘園附近。所以他現在是在約她一起吃飯嗎？

葉涵歌還沒來得及做出反應，景辰又問：「還是妳中午已經有約了？」

葉涵歌低頭看了下手機螢幕上和景鈺的聊天畫面，還有她打了一半還沒來得及發出去的話，猶豫了一下抬起頭，正要說「還沒有」，就見景辰的目光淡淡地從她手機螢幕上掃過，還不等她開口就說：「妳約了人就算了，以後還有機會——實驗室的人幾乎每天都會結伴吃飯。」

原來他邀請她只是因為實驗室這個不成文的規定嗎？看來就算是一起吃飯，也不只是他們兩人，還會有實驗室的其他人。

想到這裡，葉涵歌鬆了一口氣的同時又隱隱有些失落。

她說：「剛想約景鈺，但這麼熱的天她大概也懶得出來。」

景辰點點頭，丟下一句「那就一起吧」，率先走出了實驗室。

她連忙收拾東西跟上，一路跟著他走到研究生辦公室的門口。此時的辦公室裡大部分座位都已經空了，是大家都有課，還是去吃飯忘了叫他們？不過葉涵歌很快注意到，郭婷和曹文博都還沒來得及走。

景辰站在辦公室門口輕聲咳嗽了一聲。

辦公室裡本來就因為人少而顯得特別安靜，他這一聲咳嗽立刻引起了那兩人的注意。

郭婷收拾好了東西正要走，曹文博還在糾結一個模擬的結果，此時不約而同地看向門口的方向。

景辰又咳嗽了一聲說：「還不去吃飯？」

郭婷微微蹙眉，正要說什麼。

景辰直接打斷她：「那就去文昌苑學餐吧。」

郭婷沒有立刻回答去還是不去，依舊蹙著眉，想著什麼。

景辰沒再看她，而是對曹文博說：「還磨蹭什麼？都在等你。」

曹文博左右看了看，然後指著自己鼻子問：「我嗎？」

景辰皺眉：「你想去沙塘園？這時候人太多了，還是文昌苑吧。」

說完也不再理會曹文博，直接朝電梯間的方向走去。

葉涵歌覺得師兄、師姐的態度有點奇怪，但究竟哪裡奇怪，又說不上來。

尤其是郭婷，她後來什麼也沒說，還是跟大家一起出來了，只是一路上看她的眼神都怪怪的。兩人上午剛剛一起聊過天，怎麼這時又像看陌生人一樣看她呢？

到了文昌苑餐廳，這裡離教學大樓比較遠，中午來這裡吃飯的人顯然比去沙塘園餐廳的人少很多。

但郭婷的出現還是引起了小範圍的躁動，自從進了學餐大門，葉涵歌就覺得總有人往他們的方向瞧，不過都是在看郭婷。郭婷渾然未覺有什麼不對，好像早就習慣了這種萬眾矚目的感覺。

這種認知讓葉涵歌的心情有點怪怪的，她想到她認識的另外一個人，也是這樣，走到哪裡都會吸引所有人的目光，但他偏偏渾然未覺，似乎從出生的那一天起就開始面對這些，習以為常。

那個人就是景辰。

葉涵歌和郭婷都選擇了砂鍋粉絲，等餐的時候，一路沉默著的郭婷突然開口了：「妳和景師兄以前認識嗎？」

葉涵歌不知道她為什麼突然問這個問題，但如實回答說：「認識是認識，不過不太熟。」

見郭婷轉過頭看她，她又解釋了一句：「我們以前是同一所高中的。」

郭婷說：「不過我怎麼覺得妳跟他挺熟的，不然他怎麼會叫妳一起吃飯？」

這話讓葉涵歌感覺很不舒服，但還是尷尬地笑笑：「他說你們經常一起吃飯，可能當時看我也在，就順便叫了我，我也沒多想……」

郭婷打斷她：「他說他經常和我們一起吃飯？」

「是啊。」葉涵歌隨意點了點頭，端起餐盤，佯裝回頭找位子。

她不想再繼續那個話題，或許郭師姐沒有惡意，但她的話總讓葉涵歌覺得自己像個格格不入的外人。不過仔細想想又何嘗不是呢？他們都是林老師正經的學生，而她能不能留下來都還是個問題。

不遠處，曹文博問景辰：「你今天夠早吃飯的啊，平時不都是我們吃完回去了，你才出來嗎？」

景辰的回答很簡短：「餓了。」

曹文博也沒多想：「對了，你什麼時候和郭師妹這麼熟了？」

景辰問：「誰？」

曹文博朝前面的兩個女孩的背影努了努嘴：「郭婷，大四剛剛保送研究所的那個郭師妹啊！我聽說你們還是同鄉，但在實驗室都沒見你們說過什麼話。」

景辰順著他的視線看過去，淡淡地回了句：「不熟。」

曹文博詫異道：「那你還約她一起吃飯？哦，對了，還有葉師妹。」

景辰腳步微頓，目光停留在不遠處並排走著的兩個女孩身上，片刻後才說：「一起吃個飯而已，哪那麼多事？」

曹文博皺眉撓了撓頭，突然恍然大悟地拍了下景辰的肩膀：「你不會是看上師妹了吧？難怪突然這麼合群了！」

景辰被他那一掌拍得手一抖，碗裡的湯險些灑了出來。

他深吸一口氣，回頭看著曹文博，卻不是要追究那一掌的事。

「我不合群嗎？」他問。

曹文博像是聽了什麼笑話一樣，誇張地笑了一聲反問他：「你合群過嗎？」

景辰抬頭，看到葉涵歌找好了位子，在朝他們招手。

「那要改一改，以後沒事就一起吃飯吧。」

說完，他丟下目瞪口呆的曹文博，朝葉涵歌走去。

之前和景辰吃飯的時候有景鈺在，他們姐弟的話題葉涵歌多少都瞭解，所以也沒覺得氣氛尷尬。但是眼下，在座的其餘三人，不是不說話，就是說的她都聽不懂，更讓她覺得自己是個局外人。

還好曹文博也意識到了這一點，不時會把話題往她身上引。

曹文博問葉涵歌：「師妹，妳們這一屆有幾個女生啊？」

葉涵歌仔細想了一下說：「七個班，最多的一個班裡有五個女生。」

曹文博感嘆：「三十多個人的班裡才這麼幾個女生？那男女比例比我們這一屆還誇張呢！」

葉涵歌笑笑，不置可否，資訊學院歷來如此，她早就習慣了。

一直沉默著的郭婷卻突然開口：「有男朋友了嗎？」

突然被問及隱私，葉涵歌難免尷尬，但鬼使神差地，一句「沒有」立刻脫口而出。

回答完，她下意識去看了眼對面的景辰，只見他依舊低垂著眼，專注地吃著飯，像是根本不關心她的事。

心裡莫名湧上一陣失落，後悔自己剛才回答得太著急，倒顯得自己像是要澄清什麼一樣。

沒想到郭婷還不打算放過她，接著問道：「為什麼？」

這一次葉涵歌看出來了，她是真的對這件事感到好奇。

但怎麼讓她當著不算熟的幾人剖白自己的內心，說她其實一直都有一個很喜歡很喜歡的人，所以無法接受其他人？

她想了一下，隨便編了個理由：「我還是想趁著在學校裡時多學點東西，我們這個科系的女生不好找工作，哪怕順利保送研究所了，也不到放鬆的時候。」

郭婷很意外：「所以妳是打算研究生期間也不談戀愛嗎？」

葉涵歌不自覺瞥了眼對面的景辰，他依然垂著眼，臉上無波無瀾，有那麼一刻，她心灰意冷地想，如果那個人不是他，還不如就這麼一直單身呢。

想到這裡，她點點頭：「是啊。」

也不知道是不是葉涵歌的錯覺，她總覺得郭師姐一直在觀察景辰，此刻又是這樣。她也順著郭師姐的視線看過去，就見景辰從桌上的紙巾盒裡抽出兩張面紙，慢條斯理地擦了擦嘴，然後平靜無波看向她說：「吃好了嗎？吃好了就走吧。」

曹文博趁著最後的片刻把盤子裡的飯和菜胡亂塞進嘴裡，端起餐盤去追趕景辰。葉涵歌看著自己還沒怎麼動過的飯菜有點不知所措，是嫌她吃飯太慢，所以生氣了嗎？

這時候郭婷竟然莫名其妙地嘆了口氣，但也沒說什麼，端起餐盤起身往收盤處走去。

第二章　陰錯陽差

幾人一起回到實驗室，葉涵歌翻開書，但一個字也看不進去，仔細回想著剛才那頓飯，實在想不出到底哪裡惹他不高興了。

望著他對窗而坐的背影，心裡一陣唏噓，都說女生難理解，男生又何嘗不是？

這麼唉聲嘆氣了片刻，她被身後一陣窸窸窣窣的聲音吸引了注意力，回過頭，就看到蔣遠輝正站在門口探頭探腦地往實驗室裡面看。

葉涵歌心裡一陣無奈，還真是怕什麼來什麼。好在景辰似乎沒注意到身後的動靜，依舊專注地盯著他的電腦螢幕。

葉涵歌起身出了實驗室，怕景辰聽到他們說話，刻意走遠了一點才停下來。

蔣遠輝一直心情很好地跟著她，見她停下來才說：「昨天遇到郭師姐了，才知道妳來實驗室做專案的事情，平時忙不忙？」

葉涵歌乾澀地笑了一下：「還好，找我有事嗎？」

「也沒什麼大事。之前教資訊安全的余老師不是覺得我還不錯嗎，我聽說妳在這裡參與專案後，也跟她說了想來實驗室的事情，她果斷同意了，所以以後我們又能經常碰面了。」

蔣遠輝很聰明，對各種程式設計語言尤為感興趣，所以在這方面也比別人表現出了更高的天分。之前教他們資訊安全這門課的老師是個四十幾歲的女教授，她就喜歡蔣遠輝這種活潑又聰明的學生，留他在實驗室是意料之中。不過讓葉涵歌鬱悶的是，以後要疏遠他似乎更難了。

「對了，這是我剛才來的路上買的，還涼著呢，妳趁早喝，解解暑。」說著，蔣遠輝把手上的一個袋子遞給她。

葉涵歌這才注意到他手上還拎著杯冰鎮果汁。

葉涵歌擺擺手：「我不渴，謝謝。」

蔣遠輝說：「那就等一下再喝。」

葉涵歌還想推辭，就聽蔣遠輝又說：「實驗室還沒幫我安排位子呢，所以我等等就要回宿舍去了，妳可別讓我再帶回去了。」

人家話都說到這分上了，葉涵歌只好接了過來。

「你參與的是哪個專案？」葉涵歌禮貌性地問。

蔣遠輝撓撓頭：「我也沒問，隨便哪個都好。」

兩人正說著話，葉涵歌聽到了身後不遠處實驗室的門被推開的聲音，回頭看過去，就見一個頎長挺拔的身影背光而來。

又是那種做了壞事被人抓包的感覺，一時間葉涵歌緊張得不知道該做何反應，直到那道身影漸漸近了，她看到他面無表情的臉，心突然難受起來。

經過他們身邊時，景辰沒有停留，甚至看都沒看他們一眼，只是用葉涵歌能聽到的聲音淡淡說了兩個字：「開會。」

葉涵歌愣了一下，立刻回過神來和蔣遠輝告別：「不好意思，我要去開會了，謝謝你的果汁。」

說完也不等蔣遠輝再說什麼，小跑回實驗室放下果汁，拿了本書和筆記本又跑了出來。

出來時蔣遠輝還沒離開，景辰也沒走遠。

葉涵歌和蔣遠輝揮了揮手就匆匆去追趕前面的景辰。

跟在他的身後，她大氣不敢喘一下，直到看到空蕩蕩的會議室時，才意識到一個問題——抬手看了眼手錶上的時間，才一點十五，兩點開會的話，現在是不是來得太早了？

但景辰好像完全不這麼覺得，找了個前排的位子坐了下來，安靜地翻開筆記本。

葉涵歌猶豫了一下，考慮到自己只是個旁聽的，於是決定坐在後排靠門的角落裡。可她剛剛拉開椅子，就見景辰回過頭來。

「坐前面來。」他說。

葉涵歌「哦」了一聲，不得不把椅子推回去，走到景辰所在的那一排，在跟他隔了個空位的地方坐了下來。

這種會議室的座位都不大，景辰個子又那麼高，差不多占了一人半的位子。所以兩人中間即便是隔著一個位子，距離依然不算遠。

就比如此刻，一陣風吹過，她甚至能聞到他身上某種洗衣精的味道。

「妳同學？」

景辰突然沒頭沒尾地開口，讓她一度懷疑是不是在跟她說話。回頭看向他，他也抬起眼來看著她。她不記得有沒有這樣近距離地與他對視過，或許從來不曾有過吧，不然豈不是早就沉淪了，又怎麼還能安安穩穩地甘心做個暗戀他的隱形人呢？

時間彷彿靜止了，不知道過了多久，直到門外響起過路人的交談聲，她才回過神來，回想起剛才的問題，應該是在問她蔣遠輝是不是她的同學。

「算是吧。」她說，「隔壁班的，系上的大班課經常一起上。」

回答完後，她的心中總是惴惴的，暗自揣測著他為什麼會這麼問。難道是不喜歡她招惹閒雜人來實驗室嗎？

她的注意力始終沒有離開他，等著他的回覆，他卻再沒回應，低頭看起書來，只是好半晌才將手上的書輕輕翻過一頁。

接下來兩人就這麼相安無事地看著各自帶過來的書。

大約半小時後，陸續有其他學生進了會議室。或許是因為習慣了年年都有新生出現，眾人看到生面孔葉涵歌的時候也沒太多異樣，最多就是多看兩眼，讓她不至於太尷尬。

「這一部分內容妳提前看一下，一會兒我可能會提到。」身邊的人突然開口。

葉涵歌連忙去看他手指點著的那頁內容，密密麻麻的好多字，一時間也找不到重點。

她下意識翻開筆記本，打算把幾句晦澀難懂的先抄下來，等一下自己慢慢消化，可是又擔心自己這樣太慢，他等得不耐煩。

猶猶豫豫間，卻聽他說：「坐過來一點，我跟妳講一講。」

「哦哦，好的。」葉涵歌立刻捧著筆記本往前挪了挪，為了離他近一點，就像個小學生一樣，身體坐得筆直。

準備好筆和本子，她微微側著頭，做出一副隨時打算記筆記的認真模樣。

就是這個偏頭的角度，她的視線正好落在了他白皙修長的脖頸以及那微微凸起的喉結上。

「天線的輻射場強度隨離開天線的距離做反比變化，方向圖描述的是中心在天線的一個球面上，當半徑為常數時……」

隨著他說話時不自覺的停頓吞咽，他的喉結也微微上下滾動著。葉涵歌以前從來沒注意過男生的這點不同，此時注意到了一時間竟然有點移不開眼。而且他的聲音一直比同齡的男孩子要低沉一點，聽起來也是格外悅耳，尤其這一刻兩人的距離這麼近，在嘈雜的會議室裡，彷彿耳語一般，讓她的耳根和心裡都癢癢的。

「妳在聽嗎？」他突然停下來問。

葉涵歌這才回過神來，尷尬地意識到自己剛才的行徑簡直是在發花癡，正不知道怎麼緩解這尷尬的氣氛，就聽到熟悉的聲音在叫他的名字。

葉涵歌暗自鬆了口氣，抬起頭和曹文博打招呼。

曹文博身後跟著郭婷，葉涵歌也朝她禮貌地笑笑，她卻好像沒有看見一樣，目光在她和景辰身上掃來掃去，而且那表情有種說不上的古怪。

和他們打過招呼，曹文博的視線在會議室裡搜尋了一圈，最後在葉涵歌他們身後坐了下來。

林老師還沒來，曹文博探身問葉涵歌：「妳來得早，怎麼也坐這麼靠前？前排可是重災區啊，搞不好會被老闆提問！」

當了這麼多年學生，葉涵歌怎麼會不知道前排的「特殊待遇」？不過她看了眼身邊依然在專注看書的景辰，只好留給曹文博一個一言難盡的笑容。

曹文博見她看景辰，不以為意地說：「妳別看他了，他坐哪裡都無所謂。他這種人就算上一秒還睡著，下一秒也能立刻從夢裡醒來，把老師問的問題都答對。所以何必白占後排的好位子呢？還不如主動坐在前排，替兄弟們擋擋老闆的火力，是吧？」

曹文博一邊說著，還一邊去拍前排景辰的肩膀。

這場景似曾相識。葉涵歌想到以前在高中的時候，高一的寒假裡，學校安排全體高三學生補課，高一、高二選擇性參加。當時為了多見景辰幾面，她也報了名。

補課在綜合大樓的大階梯教室裡，高三的幾個班被分在兩個最大的階梯教室。剩下的高二占一個教室，高一占一個教室。高一的教室在最裡面，茶水間和洗手間在最前面，每次去都要經過高三那兩個教室。

因為想多看看景辰，葉涵歌幾乎每節課結束後都要去裝一次水或者上一次廁所。路過景辰所在的教室時，她就會「不經意」地朝裡張望。在茫茫人海中要找一個人不容易，所幸他每次都會坐在前面兩排正對前門的位子，讓她一眼就能看到他。

那時候，她慶幸之餘也曾覺得奇怪——為什麼別人都喜歡坐後排，他卻喜歡坐前排呢？畢竟那種多媒體階梯教室有多塊投影螢幕，在教室的任何一個角落都不存在看不清投影的狀況，坐在第一排很容易就被老師「關照」到。

如今想來，大概他一直都有這種覺悟吧——既然別人喜歡坐後排，那麼作為學霸就主動讓出後排坐到前排來。

然而景辰很快否定了她的想法，他回過頭冷冷看了曹文博一眼說：「你想多了。」

曹文博愣了愣：「什麼想多了？」

景辰說：「你那麼愛坐後排，我只是想離你遠一點。」

曹文博身邊的郭婷難得地笑了，葉涵歌也不由得勾了勾嘴角。

曹文博不好意思地摸了摸鼻子，佯怒道：「當著師妹的面，嗆我很有意思？」

景辰卻沒理他，而是對葉涵歌說：「下次我們坐靠窗那邊，這裡太吵。」

雖然知道他這話是在針對曹文博的，但當他說「我們」的時候，她的心臟還是不爭氣地漏跳了一拍。

這時候林老師和專案組的另外一個老師先後走進了會議室，原本有點喧鬧的會議室立刻安靜了下來。

林老師掃了一眼在座的學生，目光掃到葉涵歌時略微朝她點了下頭。葉涵歌原本想著進了專案組至今還沒機會和林老師打個招呼，所以心裡一直有點忐忑，到了此刻總算安下心來。

他簡短地講了些共性的問題，然後就把麥克風遞給一個學生，示意大家按照檔案的順序開始講自己負責的專案的進展情況。

葉涵歌的實踐經驗少得可憐，諸位師兄講的那些，大部分都聽不懂，聽到後半程就開始有點昏昏欲睡了。直到身邊傳來椅子摩擦地板的聲音，才又精神了起來，再抬頭，看到景辰已經站在了投影幕布的旁邊。

他的聲音很好聽，講起案子進展和關鍵技術難點侃侃而談，肢體語言和每一個細微的表情都恰到好處，葉涵歌甚至懷疑，他是否在宿舍裡已經演練了好幾遍。但是她又知道，那是絕對不可能的，這個世界上就是有一種人，總能用比別人短的時間，將事情做得比別人都好。而景辰就是她從小到大遇到的唯一的一個。這也讓她無比慶幸，她能遇到這麼優秀的他。

如果那個熠熠發光的他是屬於她的就好了。

這一刻，她突然很想知道，一直讓他念念不忘的那個幸運的女孩究竟是誰。

口袋裡的手機震動了兩下，她低下頭悄悄拿出來看了一眼，是景鈺的訊息，說她今天下午來教務處辦點事，大概二十分鐘後可以辦好，問她要不要一起回宿舍。

晚上沒有硬性規定要到實驗室，她迅速回覆了一個『好』，又抬起頭來，正巧看到他的視線剛從她身上滑走。

他是有意的嗎？以為她在分心，還是無意間隨意一掃？這時候她才真正後悔起來，不該坐在第一排的。

景辰的專案是最後一個，他講完之後，林老師只做了簡短的總結後就結束了這次冗長的會議。

已經到了晚飯時間，眾人一出會議室就直奔學生餐廳去了。

葉涵歌也迅速收拾東西下了樓，因為兩分鐘前，景鈺說她已經到實驗大樓下了。

幾分鐘後，兩人總算碰了面，景鈺一看到葉涵歌就抱怨了一聲：「妳們這個會的時間有點太長了吧？」

「我也是第一次參加，沒想到這麼久。對了，晚上想吃什麼？」

景鈺撩了下頭髮說：「隨便吃點吧，對了，吃完飯要不要去逛街？」

兩人正說著話，聽到身後有男生的說話聲由遠及近，回頭看過去，說話的是曹文博，他身邊的人正是景辰。

葉涵歌和他們打了個招呼，曹文博倒是很熱情，問她們去哪吃飯，景辰卻只是略點了下頭，算是回應了她。而他們景家姐弟倆像是不認識彼此一樣，一句話也沒多說。

葉涵歌早就習慣了有外人在場的情況下兩人通常會裝陌生人的狀態，也沒太在意。

所幸曹文博他們要去沙塘園吃飯，跟她們不同方向。

跟曹文博他們分開後，景鈺繼續剛才的話題：「去不去？」

葉涵歌有點心動，畢竟開學這兩個月以來，她都沒怎麼出過學校。

然而就在這時候，她的手機又響了，她拿出來一看，是景辰的訊息，只有短短一行字：

『晚上八點實驗室，講一下專案。』

葉涵歌嘆了口氣，把手機遞給景鈺看：「改天吧。」

景鈺看完有點掃興：「妳又不是一定要聽他的。」

但說完也覺得沒什麼底氣，景辰是什麼樣的性格兩人都清楚，賣她這位堂姐的面子也無法讓他通融一下送加分給葉涵歌。

所以話到最後，她又說：「算了，妳還是去吧，那傢伙得罪不起。」

葉涵歌點點頭，表示認同，更何況她總覺得景辰今天似乎不太高興，從中午吃飯時就一直是這樣，直到剛才他回應她的態度也比平時冷淡不少——雖然平時也算不上多麼熱情。

而就在這時，景鈺突然又說：「不過妳有沒有覺得他對妳有點怪怪的？」

葉涵歌的腳步微微一頓，怪嗎？那可能不是怪吧，只是單純的討厭、反感、不喜歡。究竟為什麼，她想，被自己不喜歡的人占了便宜，占便宜那人還一副「我也不想」的樣子，這事輪到誰頭上大概都會不爽吧？至於他為什麼到現在還能客客氣氣地對她，她猜想不是他的好涵養使然，就是景鈺的關係。

葉涵歌回到宿舍吃了晚飯又洗了個澡，從浴室出來再看時間，竟然已經快要八點鐘了，想到景辰不喜歡別人遲到的性子，她連頭髮也沒來得及吹，急急忙忙又跑回了實驗室。

她去的時候景辰已經到了，聽到聲響回過頭，看到她的一剎那，那雙好看的眉毛幾不可察地皺了皺。

雖然那只是個極其細微的表情變化，但是葉涵歌還是捕捉到了。

所以，這次又是因為什麼？

她看了眼實驗室牆面上的掛鐘，明明還沒有到八點。

收回視線時，正好掃過伺服器螢幕後的玻璃窗上的倒影時，頓時明白了是怎麼一回事。

此時她的形象已經不能只用狼狽來形容了，因為沒有吹乾頭髮，而她又幾乎是一路跑來的，所以她的頭髮全部淩亂不堪地貼在臉上，跟《流星花園》裡被大雨澆透的道明寺有得拚。只是她的頭髮更長，剛剛過肩，水珠順著髮梢流下來，打濕了T恤的前襟。好巧不巧，她今天穿的還是白色。濕透了的白色T恤呈透明狀，導致內衣的形狀和顏色若隱若現，怎麼看怎麼不雅觀。

葉涵歌心裡一陣後怕，還好天已經黑了，來的路上沒人注意到她。

可是眼下的情形也沒好到哪裡去，想到他剛才看她的那一眼，頓時覺得渾身血液都往臉上湧……難怪他會不高興，任憑誰見到她這副鬼樣子也不會多高興，更何況有了前車之鑒，他會不會想到其他方面也不好說。

她連忙放下書包，抱歉地說了句「我去趟洗手間」，然後也不等景辰有什麼反應，就灰溜溜地跑出了實驗室。

看著葉涵歌的身影消失在實驗室門外，景辰才悄悄鬆了口氣。

他剛回過頭，就聽到身後有人進門的聲音，以為是葉涵歌忘了什麼東西去而複返，所以故意沒有回頭去看。

片刻後卻聽到那人的腳步並沒有停在門口，竟然是直接朝他走來。想起她剛才的模樣，他的心跳不自覺地快了起來。而下一秒，感到肩頭被人輕輕觸碰了一下，一瞬間，渾身上下所有的肌肉全數繃緊，身體也像觸了電一樣不聽使喚地打了個顫，有一種酥酥麻麻的感覺從被人觸碰到的那一點慢慢朝他的四肢百骸延伸開來。

當他暗自琢磨著她要說什麼做什麼，脖子也要扭不扭地考慮著要不要回頭看她一眼時，就聽到一個有點讓人費解的聲音不確定地叫了聲「景師兄」。

所有綺麗的可能就像肥皂泡一樣一一炸裂。

景辰深吸一口氣回過身來，臉上已經恢復了一貫的面無表情，對站在他身後的郭婷問：

「什麼事？」

郭婷指指他面前的伺服器：「你用完了嗎？用完的話能不能讓我跑一個模型？」

景辰輕咳一聲站起身來：「還沒有，不過妳可以先用。」

郭婷道了謝，插上硬碟，把自己的模型導入伺服器。程式還沒跑起來，先報了兩個錯誤。

景辰也看到了，特別簡單的一個貼片天線的模型都沒有建對。

不過他什麼也沒說——一般情況下別人不主動問他，他就不會多話。

他正要走開，卻被郭婷叫住：「景師兄，可以幫幫我嗎？」

景辰聞言又折了回去。

郭婷正想起身把位子讓給他，他輕聲說了句「不用」，她便依言沒動，繼續坐在位子上。

剛才大致掃了一眼錯誤內容，很簡單的問題，不知道這位師妹是不是真的不懂，考慮到

這對他來說也只是半分鐘就能搞定的事情，便沒去深究。本著讓人快點解決問題快點走人的

想法，也就沒讓她再挪地方。

「饋源設置不對。」他指點她說。

郭婷握著滑鼠在模型圖上點了點，半天還是沒找到哪裡設得不對。

景辰無奈，只好上手，拿過滑鼠點了下某個地方：「這裡重新設置一下。」

郭婷瞬間了然，重新設置後一運行，果然不再報錯了。

還好實驗樓的洗手間裡有烘乾機，資訊學院的女研究生和女老師都是稀有物種，所以這洗手間也很少有人來。

葉涵歌進去後關上門，走到烘乾機前，擺了幾個姿勢試圖把衣服前襟湊到烘乾機下烘乾，但實在太有難度了。如果有件可以替換的衣服，那身上這件烘起來就容易多了。正煩惱時，她突然想到之前考慮到實驗室的冷氣太猛，專門帶了件外套，那件外套此時正搭在實驗室的椅背上，於是她對著鏡子整了整頭髮，又返回了實驗室。

然而剛走近就聽到實驗室裡有女孩子在說話，仔細聽，是郭師姐的聲音。不知道出於什麼原因，她刻意放輕了腳步。

悄悄往門裡看了一眼，伺服器前坐著一個女生，景辰站在她身後微微彎著腰，一隻手撐在他們面前的桌子上，兩人似乎在談論什麼學術問題，但那個姿勢對景辰而言絕對算得上親近了。

她猶豫了一下沒有進門，原路返回洗手間。

景辰對郭婷說：「這個模型跑完大概要兩個小時，我到時候叫妳。」

郭婷點點頭，說了聲「謝謝」站起身來，但走到實驗室門前時，卻沒有離開，而是把原先大敞開的門稍稍關上一些，又折了回來。

景辰聽到聲響，回頭看了一眼，看到郭婷的舉動有點詫異。

郭婷一雙漂亮的眸子盯著他看了片刻，半晌，她說：「師兄，我們做個交易吧。」

景辰面上還是一副波瀾不驚的神情，眼神裡那一絲防備卻是十分明顯。

郭婷難得示弱：「我覺得林老師對我要求太高了，我的畢業專題對我來說太難了。」

景辰看她：「所以呢？」

「能不能請師兄你指導指導我？」

葉涵歌總算把自己收拾得有點人樣了，回去的路上，又想起剛才在實驗室裡看到的情形，有點不太確定——說不定只是景辰幫郭師姐處理一些問題，兩人太專注了，所以沒注意保持距離呢。曹師兄不是也說了嗎，景辰看起來冷淡，其實最樂於助人了。

這麼想著，心情好了不少，直到她推開實驗室的門，原本還說著話的兩人突然誰也不說了，屋子裡靜默了一剎那。

片刻後，郭婷對景辰說：「那等模擬結果出來後麻煩景師兄叫我一聲。」

說完她難得地朝葉涵歌笑笑，然後快速離開了實驗室。

葉涵歌看向景辰，雖然他背對著她，但是發紅的耳根已經出賣了他此時的情緒，再聯想到剛才郭師姐那個尷尬的笑容和幾乎是落荒而逃的背影，葉涵歌心裡漸漸冒出一個大膽的猜測——難道景辰一直喜歡的人是郭婷嗎？

❄

晚上葉涵歌回到宿舍時，浴室的門緊閉著，景鈺正在裡面洗澡。

實驗室裡景辰和郭師姐那彆彆扭扭的樣子，見到她出現時那很有默契的沉默，以及景辰紅透的耳根，不停地在她腦中重播，哪怕是到了此刻，回到宿舍裡坐在電腦前，她依舊覺得腦子裡亂糟糟的，胸口悶悶的。

難怪郭師姐在實驗室裡穿什麼都可以，難怪她會覺得景辰會對同鄉學妹格外照顧……原來那並不是她的錯覺，只是她不知道，他的寬宏大量只對她一人開放。

哦，對了，郭師姐也是南城人。景鈺說景辰是從高中起就暗戀那女孩的，就算他們不是同個學校的，但南城那麼小，朋友的朋友也很容易認識。

還有郭師姐，如今想來她對景辰也不是完全沒有感覺——那天他們一起吃飯時，她會說那些奇怪的話，是因為景辰叫上了她，郭師姐在吃醋嗎？難怪下午開會前，郭師姐看到他們並排坐在一起時的表情那麼古怪。

一切都對上了，還能說是巧合嗎？

即便已經告訴自己無數次，別試圖去找出那個女孩，更別去關注他們兩人之間的事情。因為知道人往往就是這樣，越好奇就越想去挖掘真相，可所謂的真相無非就是灑在傷口上的最後那把鹽而已。

可是手就是不聽使喚，她打開了電腦，登錄了自己的社群小號，「特別關注」裡靜靜躺著一個人，那是景辰。

浴室內的水聲還沒有停，葉涵歌放心大膽地翻看起來。

其實景辰發文的頻率較一般人來說並不算高，葉涵歌很快就翻到他出國那一年的貼文，然後按照時間順序一則則往下翻。

他出國是在二〇一七年九月，社群帳號註冊時間是二〇一五年十一月，也就是他剛上大學時，不過前兩年他幾乎沒發過什麼東西，讓她一度忘記自己關注了他，還在這小號裡上傳過幾張臭美的自拍照。不過她的反應還算快，照片發出去第二天就意識到了不妥，趕緊刪掉。而那之後的很長一段時間裡，他的帳號就像是被主人遺棄了一樣，一點反應都沒有，直到他出國之後，這個帳號的使用頻率才漸漸高了起來。

起初只會分享一些行業消息或者體育新聞，後來才偶爾發一些自己的生活狀態。

每一則，她都已經看過無數遍了。

二〇一八年三月五日，他上傳了兩張照片，第一張是幾個瑞典小女孩的照片，第二張是他握著方向盤的一隻手。比較讓人意外的是，暴露在鏡頭下的那隻手的小拇指上，竟然套著一枚簡單的戒指。

葉涵歌之所以會覺得意外，是因為景辰不像是個會戴首飾的人，這讓她一度懷疑那隻手並不是屬於他的。還好也有和她一樣眼尖的人注意到了這一點，有人在那張照片下留言：『戒指不錯。』

他回覆那人：『那幾個孩子自己做的，賣首飾的錢會捐給當地的福利院。』

葉涵歌看到他的回覆之後恍然大悟，同時猜測他選擇把戒指戴在小指上就意味著，他的暗戀還沒有成功，仍然是單身。

她清晰地記得，自己因為得知他一直有喜歡的人而低落了一個多月的心情，在那一刻才有所好轉。

那之後，她便時常會登錄這個小號，妄圖透過他發在網路上的隻字片語來還原他在國外的生活。

幸運的是，她總能從他兩、三個月才發布一次的內容中得出他還是單身的結論。

二〇一八年五月十七日，應該是瑞典差不多吃晚飯的時間，他上傳了張照片，背景是他的宿舍，照片裡除了正運行著的電腦，還有一個被咬了一口的三明治。

她大概能猜得到他當時的狀態，整天忙著科學研究，也顧不上好好吃飯。不過結合這張照片，以及照片中宿舍的布置看來，他應該仍舊是一個人生活的。

之後他似乎比較忙，又有兩個月沒有更新動態，加上後來去美國繼續讀書的事情，她猜測，當時他應該是正在籌備從瑞典到紐約的事情。

二〇一八年七月四日，這天是美國的獨立日，照片中伊斯克爾河上的煙花絢爛奪目，他的配文是『想帶妳一起看煙花』。

那時剛結束了最後一科期末考試，坐在回家列車上的葉涵歌，在滑到這一則貼文的瞬間，整個人都傻了。

車廂裡冷氣開得很大，身邊的少年正戴著耳機玩遊戲，不時有乘務員推著零食車經過，詢問兩邊的乘客有什麼需要的。

一整個車廂的人，靜悄悄的，各自忙著各自的事情，她就是在那種環境下，不可抑制地流下眼淚，並且逐漸從小聲抽噎變成了崩潰大哭。

她的暗戀，足足四年多的暗戀，好像在一夕之間被人判了死刑。

當時整個車廂的人都好奇地看向她，乘務員也關心她出了什麼事。戴耳機的少年被嚇傻了，遊戲也顧不上打了，在全車廂人好奇的目光下顫抖著遞了一張面紙給她。

但她對周遭人的這些反應全無感覺，至今仍依稀記得當時的感受——當事實證明景鈺的話不假，他確實有心儀的女孩時，當他毫不避諱地表達自己對另一個女孩子的感情時，那一瞬間有種全世界都背叛了她的錯覺。

就像此刻，她不敢想像，當她在夜深人靜悄悄惦念他的時候，他卻在記掛著郭師姐。

大一結束的那個暑假，她發覺自己對生活失去了熱情。

開學後，她強迫自己不要再去看景辰的社群，後來知道他的狀況，是連假期間她和景鈺約好去烏鎮玩，路上景鈺滑到了他最新更新的動態。

十月份的紐約也已經入秋，一號公路旁的照片裡，同行者都是出雙入對，唯獨他形單影隻。隔著太平洋，隔著浩瀚網路，她都能感受到他人在異鄉的孤獨，有那麼一刻，她釋然地想，如果有個人能替她陪在他身邊也行啊。

七月四日後，她沒有再用小號登錄。十月份後，他似乎也忘記了有這麼個地方。

從烏鎮回到金寧後，她就強迫自己把注意力轉移到課業上，忙碌能讓人暫時忘卻一些情緒，然而即將到來的寒假也讓她既恐慌又滿懷期待。

她知道，景辰要回來了。

那是去年的事。

去年的冬天特別冷，讓人從裡到外都變得遲緩很多，複習時腦子不夠用，當然對情感的感知也略顯麻木。除了盼著能在南城跟他偶遇哪怕只有一次，他帶給她的其他難過或者悸動，彷彿都被遺忘了。

回到南城時已經是一月中旬了，距離過年還有半個月。然而在偶遇景辰之前，她先遇到了蔣遠輝。

早就聽說蔣遠輝也是南城人，沒想到他們兩家竟然離得這麼近，她下樓買個早點的工夫就遇到了。

蔣遠輝問她：「妳打算什麼時候返校？」

「開學前一天吧。」

「我可能要早一個星期回去。」

葉涵歌有點意外：「為什麼？」

蔣遠輝愁眉苦臉：「我『模電』被當了，要去補考。不過第二次考也不一定能過。」

葉涵歌不知道該說什麼，能考上D大，高中時的成績肯定是不錯的，但不知道是不是蔣遠輝不適應大學生活，他在大學裡的成績很普通。

說著蔣遠輝又嘆了口氣：「我媽知道我又被當了一科後整天大呼小叫，這年過得真沒意思。如果明年還這樣，我乾脆別回來了。」

葉涵歌說：「是你沒有認真複習吧？」

「『模電』都是早上第一、二節，我起不來，沒怎麼去聽過課，自學又比較困難……」他突然想起什麼，看向葉涵歌，「要不然妳幫我補習吧？保證不占用妳太長時間。而且妳看我們兩家離得這麼近，也方便。回頭請你吃飯！」

葉涵歌本來想拒絕，但想到大一那年她沒記住太極拳的那幾個動作，差點讓大學體育被當，還是蔣遠輝幫她向體育老師求情，才讓她過了。而且她也不想整天在家惦記著景辰，想著找點事做分散一下注意力，於是就答應了蔣遠輝。

兩人約在離家不遠的市立圖書館裡，一般是下午去，葉涵歌會花半天時間幫蔣遠輝畫重點講一些典型題目。差不多一星期過後，總算把整本《類比電子技術》過了一遍。

兩人從圖書館裡出來時，葉涵歌接到媽媽的電話，爸媽晚上要和爸爸的同事一起吃飯，讓她自己把微波爐裡的飯菜熱來吃。

葉涵歌掛上電話才想起來自己沒有帶家門鑰匙。蔣遠輝提議請她吃飯看電影，就當感謝她這一個星期的幫忙。

葉涵歌想著自己也沒地方去，便同意了。

圖書館樓下就是商業步行街，葉涵歌不想讓蔣遠輝太破費，提議吃麥當勞。晚上七點左右他們到了最近的電影院，因為二月就是新年了，好看的電影都準備一起在二月上映，所以一月沒什麼好電影。葉涵歌隨便選了部美國科幻片，等著排隊買票，蔣遠輝趁此機會去買了爆米花。就是那個時候，她看到了景辰。

頭髮比她上次見到時稍長一點，神情中略帶疲倦，身上穿著一件寬寬大大的黑色長款羽絨服，敞著懷露出裡面的藏青色上衣和牛仔褲。他手上拎著瓶喝了一半的礦泉水，因為個子高，在人群中一副煢煢孑立的姿態，不知從什麼時候起，就那麼隔著川流不息的人群遙遙望著她。

有那麼一瞬間，她非常猶豫，猶豫著要不要上前和他打個招呼，然而下一秒就見他突然轉身，掉頭離開。

那道黑色的身影很快就淹沒在了步行街的人潮當中。

那天晚上的電影演了什麼，她一點都不記得了，蔣遠輝跟說的話也沒聽進去多少。回家以後她一直很難受，總覺得自己做錯了什麼。可是究竟做錯了什麼呢？說到底，他們的關係也只比陌生人親近一點點，但就算是這樣，只要他認出她來，至少應該打個招呼，給她說聲「好巧」的機會吧？然而什麼也沒有，他在看到她的下一秒竟然是掉頭就走。

因為這個小插曲，她過了一個悶悶不樂的年，直到大年初三景鈺的生日，她收到了邀請。那是那麼多天來唯一感到有點高興的一天，想到或許能在聚會上見到他，心裡那個莫名的結似乎解開了。

其實她也不確定景辰會不會出現。雖然他們姐弟曾經有好長一段時間都生活在同一屋簷下，可也不知道是不是因為兩人天生八字不合，姐弟倆互看不順眼，在家時不是不說話，就是一說話就吵架，在學校時都當彼此是陌生人，以至於他們高中很多人至今還以為兩人都姓景只是個巧合而已。

葉涵歌仔細打扮好出了門，忐忑了一路，直到在KTV包廂裡看到那抹熟悉的身影時，所有的不安、期待、害怕最後都歸為一種可以被稱之為「歡喜」的情緒。

葉涵歌到的時候包廂裡已經坐滿了同學，桌上擺著披薩、炸雞、生日蛋糕和酒。他坐在角落裡，包廂裡的燈光恰巧照不到他，讓他與眾人之間形成一道無形的牆。

景鈺見到她出現，立刻把身旁的男生推開，讓她坐在旁邊的位子，於是眾人一個個往兩邊挪動，力圖騰出一個空間。靠著景辰的那人也跟著朝後挪了挪，這一挪便撞破了那道無形的牆，那人也意識到不妥，尷尬地朝他笑笑。

景辰像是個淹沒在人群中的隱士一般，這一刻才注意到了周遭的躁動，抬頭望向她這個罪魁禍首。

她立刻抓住機會，朝他展露一個自認為很漂亮甜美的笑容，但他只是表情漠然地將視線移開，自此就再沒有轉過來了。

再好吃的東西也不能改變她盪到谷底的心情，可是又倔強地不想離開，因為這裡有他。

所以哪怕後來將近午夜，有幾個女同學提出先離開時，她也依然坐著不動，甚至從洗手間回來後，假意走錯了地方，沒有走到景鈺身邊，而是直接坐在了景辰旁邊。餘光中，她感覺他微微偏過頭來，像是在看自己，但她沒有勇氣去與他對視。

夜越深，心中因他而燃著的那簇火苗就燃燒得越旺，漸漸地幾乎要將整個人燃化了。

當沒有離開的眾人或東倒西歪地睡著，或拉著彼此說醉話的時候，她和他一同躲在那道無形的牆內，她靠在沙發上裝醉，注意力卻始終沒有離開過。

這天晚上景辰全程沒有唱過歌，甚至也沒有說過話，不過還是喝了酒，但是不多，面前玻璃杯裡盛著與她同樣顏色的雞尾酒。

而就在那時，她注意到他一邊看手機，一邊又去拿酒杯，因為兩人的杯子放得很近，他竟然拿到了她的那一杯。於是眼睜睜地看著他的唇貼上了她碰過的位置。

要不是因為光線不好，要不是因為心不在焉，或許還能發現玻璃杯上有淡淡的唇膏印記。

也不知道是出於什麼心態，原本應該已經醉了的她，伸手扯了扯他的衣服下擺。

景辰不明所以地回過頭，那一刻大螢幕上的光線驟亮，讓他嘴上那抹曖昧的嫣紅看起來格外醒目。

下一秒，她才意識到自己竟然就在暗戀對象的注視下，揪著他的衣角傾身向前，讓自己的唇覆蓋上了那抹嫣紅。

跟預想中的觸感差不多，柔軟的、冰涼的。

這是一個淺嘗輒止又無比生澀的吻。不知道一般人下一步是如何動作的，她只知道自己的內心無比倉皇和無措，但並不後悔。

所幸他沒有立刻推開她，或許是被震驚了，或許是因為醉了。

總之，在那之前，她鬆開了他，還無比迅速地為自己找了個臺階。

她抬眼看他，在目光灼灼的注視下，微微瞇了瞇眼，說出了讓自己日後想起就恨不得咬掉舌頭的話。

她說：「怎麼是你？」

景辰已經回過神，看著她的眼神冰冷，神情漠然。

那一刻，她就後悔了，或許在那個時候就應該表白的，但是不知怎麼又想到那則「想帶妳去看煙花」的貼文，又什麼想法都沒了。

何必自取其辱呢？

於是她假裝真的醉了，重新靠坐回沙發上，閉上眼。

還好沒有人注意到他們，包廂裡的音樂聲蓋過了一切。

當她再度悄悄睜開眼去打量他時，只看到一個微微躬著的背影。景辰雙手手肘支在膝蓋上，坐得離她有點遠，偏頭看著大螢幕上的MV，好像剛才的事情根本沒有發生過。片刻後，起身走出包廂。那天晚上，再也沒有回來過。

那也是葉涵歌在這學期前最後一次見到景辰。幾天後聽到他已經回了美國，她忍不住再次登錄小號，發現他終於更新了，什麼也沒說，只是分享了一首歌，是Adele的One and Only（〈你是我的唯一〉）。

她一邊想著，原來他喜歡愛黛兒，一邊打開分享網址聽起那首歌，不知不覺眼眶濕潤。

You've been on my mind.（你一直在我心中）

I grow fonder every day.（每天我都會更加渴望你）

Lose myself in time.（在時間中迷失了自己）

Just thinking of your face.（只能不斷想念著你的臉）

這是在表達他對喜歡的女孩的惦念嗎？她對他又何嘗不是？

有人說：「選擇你所愛的人，你為自己製造了一個傷口；選擇愛你的人，你為你自己選擇了一副保護你的盔甲。」

而叔本華說：「人們最終所真正能夠理解和欣賞的事物，只不過是一些在本質上和他自身相同的事物罷了。」

她想，她和景辰，或許就是因為是同樣的人，所以她才那麼喜歡他。

接下來的幾天，景辰沒事的時候還是會留在實驗室，葉涵歌卻沒再見郭婷來找過他，或許是礙於有她在不方便吧。

而且有了上次的經歷後，葉涵歌也不想再跟他們一起吃午飯，每天不是還沒到中午就離開實驗室，就是吃過午飯才來。景辰甚至還問過她兩次，要不要一起吃飯，都被她找藉口推掉了。她自覺做得有點明顯，擔心著萬一被問起來該怎麼解釋，可是說自己其實在怪他、怨他，又沒有立場。所幸那兩次之後，景辰也沒再找過她。

但校園就這麼大，一不小心還會遇上。

葉涵歌和景鈺從教室裡出來時，看到前面不遠處一個熟悉的挺拔背影。

正值午飯時間，校園裡人很多，但是她就是有那種本事，可以在茫茫人海中一眼鎖定他。

景鈺明顯也看到景辰了，張口卻是問她：「景辰旁邊那女孩是誰？」

經景鈺這麼一提醒，葉涵歌才注意到，跟在他身邊穿著小可愛、熱褲的女孩不是別人，正是郭師姐。

不知道他們聊到了什麼，女孩仰起臉朝身邊的男孩露出溫柔的笑容。他們並排走在一起，郭婷個子很高，差不多到景辰的耳根處，兩人走在一起倒是顯眼，虧她剛才第一眼只看到了景辰，沒看到郭婷。

看方向，兩人應該正要往沙塘園走。再看看他們周圍，沒有曹文博，也沒有實驗室的其他人。也是，他一個習慣了獨來獨往的人，突然那麼合群，每天和大家一起吃飯，本來就很奇怪，搞不好其他人都是幌子，只有郭師姐才是他最想約的人。

想到這裡，葉涵歌覺得，自己整顆心都酸成了一顆檸檬。

景鈺用手肘撞了撞她：「想什麼呢？問妳話呢！」

葉涵歌回神：「我們實驗室一個大四的師姐，也是南城人。」

景鈺皺了皺眉：「我怎麼覺得她這麼眼熟呢？」

雖然同一個系的總會遇到過幾次，更何況還是同鄉，眼熟也很正常，但葉涵歌還是想到了另外一種可能——難道是高中時期，景鈺就因為景辰的緣故見過郭師姐嗎？

被自己藏在心底許久的猜測，此刻終於找到了可以探討的對象。

葉涵歌說：「妳說會不會是她？」

景鈺嗔怪地看她一眼：「哪個她？」

葉涵歌說：「就是景辰喜歡的那個女孩呀。妳也分析過了，那女孩是南城人，他回國是為了她，但據說開學以來他並沒有離開過金寧，所以我猜這女孩就算現在不是我們學校的，也應該就在金寧。不然他回國這麼久了，總應該去找對方的，而不是這麼沉得住氣地在實驗室裡搞研究，除非這女孩就在他身邊。」

很沉得住氣的某人此時只覺得心煩意亂，他搞不懂明明已經立秋很久了，怎麼天氣還這麼熱，全球氣候變暖對金寧市的影響這麼大嗎？而且這個時間點，校園裡怎麼會有這麼多人？其實他只是猜想她上午有課，趕在下課時路過教學大樓或許能偶遇她，沒想到沒有遇到她，倒是遇到了趕著去吃飯的郭婷。

「景師兄，去吃飯嗎？」

「不是，回宿舍。」

他不願意把時間浪費在排隊打飯這種事情上，所以平時不是在外面吃飯，就是錯開尖峰吃飯，最近一次在飯點去學生餐廳吃飯還是為了葉涵歌。

郭婷說：「師兄你下午在實驗室嗎？我有個問題想請教你一下。」

景辰瞥她一眼不作聲。

郭婷頓了頓說：「如果下午沒空，我就現在請教吧。」

「什麼問題？」景辰問。

「照理說貼片天線的尺寸增大時，天線的諧振頻率會變小，但我剛才看了最新的模擬結果，好像不符合這個規律。」

景辰想了一下說：「圓極化天線的中心頻率應該還和軸比有關。」

郭婷皺眉看他。

景辰說：「應該是切角產生了簡併模，在特別的情況下對主頻產生了合併或者削弱，影響了諧振頻率。」

「那應該增大切角面積還是減小切角面積？」

景辰沉默了一會兒說：「下午我找幾篇論文給妳，妳好好看看。」

郭婷總算露出了含蓄的笑容：「多謝師兄！」

眼看著前面就是學餐，兩人即將分開，郭婷說：「聽說師兄在美國的導師要回國了，我聽老闆的意思是想請他順便去網路創新基地開個講座。」她盯著他說，「我想約上葉師妹一起去，我們到時候應該能遇上吧？」

景鈺聽了葉涵歌的分析覺得很有道理，緩緩點了點頭，隨後又意識到葉涵歌想要表達的不止這些。

她不可置信地看看前面走在弟弟身邊的女孩，又看了看葉涵歌：「妳說景辰喜歡那個女生啊？」

葉涵歌點點頭。

景鈺卻乾脆地笑了：「不可能。」

葉涵歌好奇：「為什麼不可能？」

「景辰這傢伙的眼光很刁鑽！妳那師姐雖然也好看，但絕對不是那小子的菜。他喜歡那種膚白苗條，身高一百六十五左右，杏眼薄唇的東方美女……」景鈺上下打量了一眼葉涵歌，「差不多就是妳這種類型吧。」

這話毫無預兆地從景鈺口中說出，讓葉涵歌的心跳有一瞬間的凝滯。

片刻後，她沒好氣地白了閨密一眼：「開什麼玩笑？」

景鈺無所謂地笑著：「我只是打個比方嘛，不過這是真的。」

葉涵歌有點好奇：「妳怎麼知道？」

「高中時有一次過年，在我爺爺家，我們兄弟姐妹吃完年夜飯去酒吧玩，當時玩真心話大冒險，其他幾個堂兄堂弟故意整他，整晚圍繞著這個話題對他窮追猛打──喜歡什麼樣的女生，長頭髮還是短頭髮，皮膚白還是黑，單眼皮還是雙眼皮……這類問題全問了一遍，總結下來，大概就是我剛才說的那樣。再看妳那師姐，小麥膚色，骨架那麼大，和他當時說的完全不一樣。」

一時間葉涵歌也有點懷疑自己的猜測，半晌只能得出一個結論：「可能他當時是隨口應付應付其他人的。」

幾天後的下午，葉涵歌正好沒課，她想著這些天因為自己的心態沒調整好，都沒怎麼去實驗室，時間長了怕景辰不高興，更怕林老師知道，於是吃完午飯也沒回宿舍休息，直接去了實驗室。

這些天她雖然沒來，但景辰給她的書她都看得差不多了，對於 HFSS 這個軟體，也已經基本入門，可以跟著書上的案例練習簡單的建模。

她去的時候沒見到景辰，卻等來了好幾天沒見的郭婷。

自從葉涵歌猜郭婷可能是景辰的暗戀對象後，過去一個星期了，這還是兩人第一次正面遇上。

葉涵歌一直在心裡提醒自己，沒什麼，人家是兩情相悅，她該祝福，最多就是當景辰從來沒有回國罷了。可是有些東西無法控制，就像此刻，看到郭婷，她的心裡就忍不住生出點自卑來，連帶著還有點自憐。

她勉強擠出個笑容和她打招呼：「郭師姐，找景師兄嗎？」

郭婷看著她：「這次是找妳。」

葉涵歌有點意外：「找我？」

「明天在網路創新基地那裡有個關於天線的講座，妳看到通知了吧？」

葉涵歌想起這件事，點點頭。說實話，她還挺想去聽聽的，但是因為還沒找到伴，所以有點猶豫。

郭婷提議：「一起去吧？」

葉涵歌是很想找伴一起去，但是面對郭師姐，她還是有點尷尬，所以一時間猶豫不決，不知道怎麼回答才好。

郭婷問：「妳知不知道主講人是誰？」

葉涵歌回憶了一下，名字她沒完全記住，但是光鮮亮麗的履歷大概掃了一遍，看上去是個業界大佬。

見葉涵歌一臉茫然，郭婷直接給出了答案：「劉軍妳聽過吧？他曾經是老闆的大學同學，後來去了史丹佛讀書，畢業後也留在了史丹佛，在行業裡很有名氣的。景師兄回國的前一年就是跟著他做研究。」

葉涵歌了然地點點頭，這麼厲害的人難得開了講座，不去聽聽太虧了。可是她轉念一想，他既然是景辰曾經的老師，那景辰肯定也會出現，到時候豈不是又要看著他和郭師姐眉目傳情嗎？

唉，過了好幾天，她現在的心情雖然已經平復了很多，但還是無法直接去面對他們啊。不過那講座她是真的想去，於是很徒勞地問了句：「那景師兄是不是也會去？」

沒想到郭婷卻說：「不一定吧。」

葉涵歌意外：「他導師難得回國，他總要去見見吧？」

郭婷無所謂地撩了撩頭髮：「是啊，所以他今天去了。好像是老闆晚上要請老同學吃飯，讓景師兄作陪，今天都去了，明天未必還會去吧？」

這講座千載難逢，而且景辰未必會出現，再說就算他出現，她也早晚要適應，大不了到時候不去當那個電燈泡，實在不行隨便找個什麼藉口溜之大吉也好。

想到這些，她點點頭：「那就一起去吧。」

網路創新基地在D大的另一個校區，從葉涵歌所在的校區坐班車過去大概要一小時。

劉軍的講座有很多人慕名而來，也不管是不是學這門專業的。這就導致擠班車的人比平時多了一倍。

郭婷和葉涵歌沒考慮到這情況，到得不算早，險些沒擠上班車，好不容易擠上去了，一路上也不太平。車上人太多，遇到急轉彎或是剎車，人與人之間難免有個小碰撞。

郭婷這樣的美女很顯然極不適應這種情況。

「還好回來的時候不用擠班車了。」

葉涵歌愣了一下：「為什麼？」

郭婷頓了頓說：「我是說不想再擠班車了。」

葉涵歌點點頭：「那到時候看吧。」

劉軍的講座在網路創新基地的演講廳，很多公司也在這裡舉行過校園徵才，葉涵歌以前跟著師兄、師姐來湊過熱鬧。

學微波這門專業的人不多，本來以為這能容納幾百人的演講廳是不會坐滿的，但顯然葉涵歌她們又一次低估了劉軍的影響力。

她們趕到的時候演講廳大門口已經擠滿了沒找到座位的人，再看禮堂裡面，只有靠近講桌那一側的前兩排全排空著，一看就是專門為貴賓留出的座位，其他地方幾乎座無虛席。

來的路上站了一路，難道等一下還要站著聽完三個小時的講座嗎？

這時候就見到有人站在前面預留的位子旁朝她們招手，葉涵歌認出了那人，是曹文博。

郭婷也看到了，對葉涵歌說：「走，我們過去。」

葉涵歌卻踟躕了一下，曹文博出現了，那景辰是不是也會出現？

最終葉涵歌她們坐在了預留位子的第二排靠中間走道的一側，附近都是實驗室的師兄、師姐，郭婷靜靜坐著，葉涵歌卻莫名焦慮起來。

很快，講座開始前兩分鐘，嘈雜的演講廳瞬間安靜了下來，一個西裝筆挺的中年男人和林濤並排走了進來，跟在他們身後的是實驗室其他幾位年輕老師，還有景辰。

他還是來了。

林老師將劉軍送至講臺上，並親自向眾人介紹他。

其他老師趁此機會落座，景辰跟在眾人之後，坐在了第一排靠左邊走道的位子上。葉涵歌隔著眾位老師的腦袋，可以看到他的側臉。

身邊的郭婷微微挑眉：「景師兄來了！」

葉涵歌從不遠處收回視線，看到郭婷臉上淺淡的笑容，心裡不爭氣地唉聲嘆氣了起來。

所幸講座很快開始，葉涵歌漸漸被吸引了注意力，臺上的劉軍不愧是業界鼎鼎大名的人物，電磁學這麼晦澀難懂的學科都能比別人講得風趣幽默。很多理論葉涵歌雖然不懂，但也不影響她專注地聽到了結尾。

講座結束時，筆記本上已經記滿了密密麻麻的問題。

在熱烈的掌聲中，林老師再三地致謝後，劉軍也向在場的老師學生鞠躬致謝，然後風度翩翩地走下講臺。有那麼一刻，葉涵歌的腦中竟然出現了她第一次參加專案組例會時，景辰站在投影幕布旁從容不迫侃侃而談的樣子。所以現在搞個科學研究都要這麼高顏值嗎？

她正目送著劉軍走下講臺，就感到有人在看自己，循著感覺看過去，之前坐在前面一排的人此時都已經站在禮堂一側，有的和劉軍揮手道別，像林老師和景辰這樣的，則是像來時一樣，陪著劉軍一起離開了禮堂。

離開時，她看到他若有似無地朝她的方向看了一眼，但也只是那麼簡短的回眸一瞥，或許是毫無目標的，也或許只是在看她身旁的郭婷。

就在這時，身邊傳來郭婷的聲音：「看什麼呢？走吧。」

葉涵歌後知後覺，回頭看了一眼，此時禮堂裡的人只剩下一小半了。

葉涵歌跟著郭婷往外走，入秋以後太陽落山早，此時才六、七點鐘，但天色已經非常昏暗了。道路兩旁的路燈乍然亮起，讓此刻的校園顯得熱鬧了不少。

葉涵歌很少來這個校區，但對學生餐廳的位置還有大概的印象，似乎就在她們去班車發車點的路上。

她有點不確定地問郭婷：「要不然我們吃完飯再走？這時間坐班車的人肯定不少。」

郭婷從出來時就有點心不在焉，不時看手機，不知道在跟誰聊天，這時又前看看後看看，像是在找什麼人。

聽到葉涵歌的問話，她愣了一下才說：「妳餓嗎？我不太餓，還是回去再吃吧。」

葉涵歌也不覺得餓，自然說「好」。

「那我們快點走，希望還能擠上班車。」她說。

郭婷停下腳步：「不坐班車回去了。」

「那怎麼回去？」

郭婷拿出手機，當著她的面撥通了一個電話，一句「景師兄」讓葉涵歌心裡不由得一緊。這一通電話也只打了幾十秒，兩人似乎很有默契，也許早就約好了，郭婷只是報出了位置，就掛上了電話。

「我們在這等一下，景師兄今天開老闆的車來的，他等等過來接我們。」郭婷說。

認識景辰這麼多年，除了景鈺，郭婷是她見過的唯一敢這樣使喚景辰，又偏偏使喚得動的女生。看來景辰對她真的很不一般了。

葉涵歌朝黑漆漆的前方望了一眼：「我還是坐班車回去吧？」

郭婷說：「那妳今天可未必回得去了。」

兩人正說著話，一輛黑色休旅車緩緩停在了她們面前。車窗降下，一張熟悉又過分英俊的臉出現在窗後，正是景辰。

他微微偏了下頭，示意她們兩人：「上車。」

葉涵歌還沒反應過來，郭婷已經拉開後排車門上了車。

見她站著沒動，郭婷上車後，他又補充了一句：「上車吧。」這一次和剛才不同，他的聲音略低沉，語氣難得柔軟，就像這夜風一樣，給人的感覺很舒服。

葉涵歌看了眼後排的郭師姐，以及不遠處黑壓壓排隊候車的人群，認命地繞到車的另一邊，拉開後排車門坐到了郭婷旁邊。

郭婷瞥她一眼：「怎麼不坐前面？」

葉涵歌不知道郭婷為什麼這麼問，景辰的副駕駛座難道不是她專屬的嗎？但既然當事人都在裝傻，她也不會不識趣地點破人家，只好跟著裝傻道：「沒有其他人了嗎？曹師兄呢？」

沒人回答她的問題，車子緩緩駛離路邊後，景辰從後視鏡中瞥她一眼：「他有事，暫時還走不了。」

曹文博確實還走不了，他看了眼前面等班車的人，內心叫苦，晚上十點前是回不去了。

車上靜悄悄的，沒有人說話，此時外面的天色徹底暗了下來，郊區不比市中心熱鬧，公路兩旁燈火蜿蜒，勾勒出略顯寂寥的秋夜。

葉涵歌望著窗外出神。

本來打定主意不再當電燈泡的，可誰知還是避無可避，在這狹小的空間內，瓦數還不小。但是能怎麼辦呢，總不能跳車吧？或許剛才就不該上車的，反正時間還早，她不在的話說不定他們兩人還可以借機去約個會，從此關係就能有突飛猛進的進展。

她越想越覺得就是這麼回事，想著等一下乾脆找個藉口下車。

而就在這時，郭婷突然開口了：「師兄，方便在前面的公車站停一下車嗎？」

葉涵歌問：「怎麼了？」

郭婷說：「我突然有個約會，就先不和你們一起回學校了。」

葉涵歌愣了一下：「約會？什麼約會？」

這一整天下來，她怎麼沒聽她提過？

「我有個高中同學的學校在這附近，剛剛約好一起吃個晚飯。」

葉涵歌還想問什麼時候約的，車子就已經停在了路邊。

景辰從後視鏡中瞥了眼後排的方向，不緊不慢地說：「這裡不能停太久。」

郭婷說了聲「好的」，推門下車。

臨走前又想起什麼，轉身對駕駛座上的景辰說：「天晚了，景師兄開車小心。哦，對了，麻煩把葉師妹送到宿舍樓下！」

景辰不自在地咳嗽了一聲，點點頭。

然而郭婷難得的體貼周到讓葉涵歌難以消受。

她使喚自己的曖昧對像無可厚非，這明面上看似是有點不太客氣的使喚，背地裡又怎麼不是一種獨有的親近呢？她或許不知道自己和景辰之前的那些事，也不知道自己對他不能言說的癡心妄想，這就導致說者無意，葉涵歌卻不能聽者無心了。

直到郭婷的背影緩緩融入夜色中，葉涵歌才回過神來，發現不能停太久的車子依然紋絲不動地停在路邊。

不明所以地看向前排，景辰微微偏頭掃了她一眼：「坐到前面來。」

葉涵歌猶豫了一下，想想也是，顯得人家像個計程車司機一樣，是不太禮貌。

雖然不情願，但還是磨磨蹭蹭下了車，坐到了副駕駛座上。

車子重新匯入車流中，他再度開口：「想吃什麼？」

這是要在外面吃晚飯的意思？孤男寡女，郭師姐又不在，這不是在勾引她繼續犯錯嗎？

她連忙說：「我不餓，等回學校再說吧。」

「但是我餓了。」

她恍然大悟地「哦」了一聲，然後佯裝著看向窗外：「這附近好像也沒什麼能吃飯的地方。」

說著又拿出手機，開始查閱。

景辰靜靜地開著車，以為她是在找附近吃飯的地方，片刻後才聽到她說：「這時候進市區正好不塞車，差不多半小時就到學校了，我這裡還有塊巧克力，要不然景師兄你再忍忍？」

正好遇到一個紅燈，景辰停下車，視線掃過她捧到他面前的那塊巧克力，最後停留在那雙濕漉漉的眼睛上。

他莫名有點煩躁地抿起嘴，手指不自覺地敲了敲方向盤。

「吃個飯而已，妳在擔心什麼？」

見她微微睜大眼，似乎有點不知所措，他沒給她回話的機會，繼續道：「這附近消費比市區低多了，吃個飯很便宜。還是說請曹文博吃飯可以，請我就不行？」

葉涵歌怔了怔，悻悻地收回拿著巧克力的手，再度看向窗外：「我剛才從地圖上看到前面有家火鍋店，不知道超過了沒。」

景辰掩飾住眼裡一閃而過的笑意，也順著她的視線看向窗外：「只有火鍋嗎？」

「應該還有家淮揚菜館。」

「那就去那家吧。」

導航的聲音響起，綠燈正好亮起，景辰緩緩發動車子的同時，狀似無意地瞥了眼她手上的巧克力。

她立刻乖巧地問：「要不要先吃塊巧克力墊墊肚子？」

他目視前方，緩緩點了點頭。

考慮到他在開車，只能騰出一隻手來。所以她在把那塊巧克力遞給他之前，非常貼心地撕開了包裝紙，這樣就算一隻手吃起來也很方便。但他沒有伸手去接，而是微微朝她的方向探了下頭。

這是要她餵他的意思？

就在她猶豫的時候，景辰的臉色變得很不好看，漂亮的眉頭不滿地蹙起，雙唇抿著，唇角微微垂下，也不知道是因為餓了，還是對不會看眼色的她心存不滿。

葉涵歌只好把手擦乾淨，剝掉包裝紙，手指捏著巧克力的一角湊到他嘴邊。

他專注地開著車，餘光瞥到她遞過去的巧克力，二話不說微微低頭，張嘴含住。下一秒，葉涵歌覺得自己整個人都灼燒了起來！

一塊巧克力只有那麼一丁點大，可能是因為光線太暗，抑或是因為車輛顛簸，在他低頭含住巧克力的同時，冰涼柔軟的嘴唇竟然吮過了她的指尖。

身體麻木僵硬，唯有一顆心瘋狂跳著。

葉涵歌一動不動的像尊石像，直到景辰口中的巧克力都快吃完了，她才如夢初醒，遲緩地收回舉了半天的手。

回過神來的一瞬間，身上冒了一層汗。

這都秋天了，怎麼還這麼熱？冷氣開了嗎？窗戶開了嗎？

事實證明，葉涵歌的心煩意亂與冷氣有沒有開無關。她稍稍降下一點車窗，佯裝著看窗外的街景。

不一會兒，導航提示音再度響起：「目的地在您的右側。」

抬頭正好能看到不遠處淮揚菜館的招牌，旁邊就是停車場，景辰將車子停好，兩人下車，朝著那家店走去。

可是走了一段距離才發現他們進了死巷。

景辰打了個電話給那家店，這才搞清楚，原來是因為附近道路施工，需要繞行一段路才能過去，店員建議他們直接走過去。

施工區域都已圍了起來，所幸人行道依然寬敞乾淨，道路兩旁綠樹蓊鬱，晚風宜人，不知不覺中也沒有覺得繞冤枉路了。

等坐在餐廳裡時，兩人真的都餓了。

別看這家餐廳地處偏僻，內部裝潢一看就知道消費不低，服務生也是訓練有素，此時正靜立一旁為他們點菜。

葉涵歌連翻幾頁菜單，悄悄鬆了口氣，雖然價格是比校門口那幾家小店略高一點，但好在還在她能承受的範圍內，於是笑呵呵地對面的景辰說：「景師兄，你千萬別客氣，隨便點。」

景辰抬頭瞥她一眼，笑了笑：「好。」

葉涵歌說完繼續低頭看菜單，越翻臉色越不好，她這才意識到，原來前面那兩頁只是他家菜品的冰山一角，後面大部分的菜色價格都是近千元的，這樣一來，兩個人至少要花掉好幾千了。

葉涵歌在心裡叫苦，面上卻不得不勉強維持著笑容。

所幸點的菜上桌後，她也覺得物有所值。

兩人都餓了，吃飯的時候就是專注吃飯，誰也沒有說什麼。直到離開前，葉涵歌叫來服務生買單，竟被告知已經買過了。這才知道，景辰趁著剛才上菜前去洗手間時順便結了賬。

說好自己請客的，她還那麼大方地讓人家隨便點，沒想到最後卻讓人掏了錢。

葉涵歌有點不好意思，景辰解釋說：「不能讓曹文博覺得我占他便宜。」

葉涵歌不解，這和曹師兄有什麼關係？就聽景辰繼續說：「妳上次請他吃的是烤魚，公平起見，下次也請我吃烤魚吧。」

原來是這個意思，可是她的注意力停留在了那個「下次」上。

可能是因為晚餐不錯，從餐廳裡出來時，景辰的心情比來時好了不少。

兩人沿著小路緩緩地往停車場走。

景辰問葉涵歌：「今天的講座怎麼樣？」

葉涵歌說：「劉老師太有魅力了，當他的學生多幸福啊。」

景辰笑意淺淡：「都聽懂了嗎？」

葉涵歌尷尬地笑笑：「聽懂了一點點。」

景辰說：「明天把妳那本子帶到實驗室來，我講解給妳聽。」

他怎麼知道她有個記滿了問題的本子？

不過她也沒多想，點點頭應了下來：「好。」

晚風拂面，帶來陣陣草木香氣，金寧市最好的季節來了，空氣依舊濕潤，而且涼爽，尤其是到了太陽落山以後，和北方的秋天無異。

吃飽喝足閒來無事，身邊還是自己喜歡了多年的人。葉涵歌覺得，這一趟來創新基地聽講座，真是值了。

景辰平時寡言少語，今晚雖然還是話少，但葉涵歌看得出來他並不排斥和自己聊天。

說到講座，兩人自然而然就討論起了劉軍。

葉涵歌說：「我看你們師生間的感情挺不錯的。」

景辰似乎想起了什麼，笑笑說：「是啊，除了學術水準很高外，劉老師還是個挺豁達的人。」

葉涵歌猶豫了一下，問出了心中一直很想問的問題：「我聽景鈺說，你原本都定好要跟著劉老師讀博士了，突然決定回來，他沒有不高興嗎？」

景辰沒有立刻回答，她以為是不願意討論這個問題，片刻後卻聽到他說：「恰恰相反，如果不是因為他，我可能也下不了決心。」

這個答案讓葉涵歌很意外。

景辰接著說：「劉老師雖然名聲在外，但他是個很通透的人，對很多身外之物的在意程度還不如我們學校裡一些年輕的小老師。他人很隨和，一般情況下都很忙，但偶爾有機會我們也會一起坐下來吃吃飯、聊聊天。有一段時間我的情緒很不好，記得他說那就去做點讓自己開心的事情，我說能讓我開心的事情可能不是對的事情……」

葉涵歌隱隱猜到他當初情緒不好可能和感情有關，而他說的那件「不是對的事情」或許就是放棄大好前程回國讀研究所。

「那他怎麼說？」

「他問我什麼是對的，什麼是錯的。我們針對這個問題討論了很久，最後得出的結論是，不損害他人利益的事情就不算是錯的，至於是不是損害自己的利益，每個人的選擇不一樣，有得到就有失去，只看自己更在意什麼。」

葉涵歌垂眼看著腳下的青石地板：「所以你還是決定回國了。」

「嗯。」

葉涵歌的心驀然痛了起來，從淮揚菜館出來時的好心情也一掃而空。她知道有些話自己或許不該說，但是考慮到以後未必還有這樣和他聊天談心的機會，她也就不再壓抑著自己。

「可是你有沒有想過，有些事情現在覺得值得，以後回想起來未必不會後悔。用自己幾乎可以確定了的前程換一個不確定的東西，就算真的換到了，自己會不會已經改變了？當初喜歡的現在不喜歡了，當初在意的現在也沒那麼在意了？」

說完她抬頭看著他，等待答案的同時不想錯過他臉上一分一毫的表情變化。

他突然停下腳步，兩人在夜色中對望。

昏黃的路燈下，少女本就白皙的皮膚顯得更加潤澤光滑，夜風吹過，掀動她齊肩的髮。

不知為何，那雙黑而亮的眼睛此時正滿懷期待地看著他。景辰心中一動，難道她已經看出來了？她應該會有所察覺吧，畢竟感情這種事是很難遮掩的。

他難得有點衝動，想著這或許是個好時機，把內心壓抑許久的想法都告訴她。但很快又冷靜下來——絕不能貿然表白，萬一她不喜歡他，肯定會對他生出防備，那麼以後連徐徐圖之的機會都沒有了。所以表白的機會只有一次，必須選在最恰當的時候。

冷靜下來後，他說：「我從小喜歡的東西不多，但只要是我喜歡的，至少到目前為止都沒有變過。未來的變數很多，可從我決定回來的那一刻起，心裡的天平已經有了明顯的傾斜——至少在那一刻，別人眼裡的大好前程並不是我最在意的。」

葉涵歌心灰意冷，暗嘲自己竟然還有奢望，同時又很羨慕郭婷。這麼好這麼優秀的一個人，卻願意在大好前程和她之間毅然決然地選擇她。

回去的路上兩人誰也沒說話。

景辰不知道剛剛還好好的氛圍怎麼在瞬息之間就變成了這樣，難道她真的對自己沒感覺？還是像她在學生餐廳裡說的那樣，不打算談戀愛，所以覺得無法回應而尷尬？

兩人就這麼沉默著，直到車子停在了文昌苑女生宿舍樓下。

葉涵歌解開安全帶，道了句「景師兄再見」就要推門下車。

景辰望著她低垂的眉眼、消瘦的肩膀，總覺得她說這麼句「再見」，就像是真的再也不想見了，鬼使神差地握住了她的手腕。

她不可置信地回頭看他。

心裡糾結，面上卻無波無瀾，緩緩鬆開手，景辰瞥了眼車子斜後方：「剛才有車，現在可以了。」

莫名其妙地，他看著她眼中似有光芒暗淡了下去。為什麼？是在怪他沒保持好距離嗎？

看著她的身影漸漸消失在視線中，他長長呼出一口氣。

看來追女朋友之路任重而道遠啊。

葉涵歌沒有真的回宿舍，從宿舍南門進去，走向宿舍東門。

東門外有一小塊灌木圍起來的空地，空地中間有兩張石凳。

葉涵歌走過去，疲憊地坐下來，抬頭對上皎皎明月，內心無比惆悵。

眼下這種胸口發悶的感覺算是失戀嗎？也算不上吧，畢竟從來沒有得到過。可是她猜想，那種無法排解的鬱悶心情應該都是一樣的。

所以失戀的人通常會做什麼？

葉涵歌想了一會兒，拿出手機打給景鈺：「要不要去唱歌？」

吃喝玩樂的事情，景鈺從沒拒絕過。

半小時後，兩人在學校附近的一家KTV包下一個小包廂。隨著零食套餐一起被送到包廂的還有一打雞尾酒。

事實上，自從「〈青花瓷〉事件」過後，葉涵歌就很少在別人面前唱歌了，尤其是長大後，她更加清楚地意識到，在唱歌這件事上自己實在沒什麼天賦，所以哪怕當著閨密景鈺的面，都沒再唱過一句。

但是今天她不想管太多，想起景辰今晚說的那些話，對別人的情意綿綿不就是對她的冷酷決絕嗎？

想到這些，她只想發洩，做平時不會做的事情……

當景鈺察覺到不對勁的時候，葉涵歌已經離開包廂二十分鐘了，這地方又不大，去個洗手間是不是有點太久了？而且到了這個時候，她才注意到桌上的酒瓶不知道什麼時候竟然全都空了。

全是這丫頭喝的嗎？她什麼時候喜歡喝酒了？

葉涵歌的反常讓景鈺有點慌了，連忙打電話過去，熟悉的手機鈴聲卻在包廂內響起——她沒帶手機。

她再也坐不住了，跑去洗手間找人，然而洗手間裡根本沒有葉涵歌的影子。又拉了幾個路過的服務生問有沒有人看到葉涵歌，答案都是沒注意到。

在這鬼哭狼嚎迷宮一樣的KTV中，一個漂亮又喝醉了的小姑娘突然不見了，這其中可能發生的事情讓景鈺不寒而慄。

她一邊跑到前臺去求助服務生，一邊匆忙掏出手機打電話給景辰。

雖然此時已是深夜，但電話中景辰的聲音竟意外地清醒而冷靜，顯得有些過分清冷。

他問她：『什麼事？』

景鈺把事情簡單說了一下，說到最後已經哽咽了。

電話對面的人沒有立刻回話，她有點著急：「景辰？你在聽嗎？」

景辰再開口時，聲音中裹挾著風聲：『我在路上了，別著急。』

嘴上勸說景鈺別著急，但他比任何人都著急。就在景鈺提到葉涵歌的名字時，他迅速穿衣服出了門，生怕耽誤任何一秒。

當他風馳電掣地趕到ＫＴＶ時，看到景鈺正在和兩個服務生拉扯，連忙上前把景鈺拉到身後。在景辰面前總是張揚跋扈的景鈺，在見到他的一瞬間，眼淚流了出來。

他也著急，但還是儘量壓下內心的不安，放緩聲音問：「到底怎麼回事？」

聽景鈺和幾個服務生七嘴八舌地說明情況，他才明白過來，原來是景鈺找不到葉涵歌就想每間包廂的找。但這家ＫＴＶ的主管現在不在，面前這兩個上夜班的小服務生又做不了主。他們一邊擔心實際情況不像景鈺說的那樣，這麼大動干戈地去找人反而惹出麻煩；另一邊更擔心景鈺說的是真的，葉涵歌確實在這裡出了事。有人就說要找經理決定，剛才他們拉扯的時候就是在等那人打電話回來。

景辰聽明白後臉色也很不好看，他看了眼時間，距離景鈺打電話向他求助已經過去一刻鐘了，也就意味著葉涵歌已經消失四十分鐘了。

他進門時就觀察了一遍這家ＫＴＶ的環境，因為是開在幾所大學附近，為了適應學生們的消費水準，裝潢、保全機制都算不上好，好在監視器倒是有的，就是不知道平時是不是有開著。

他打斷吵吵鬧鬧的幾人：「監視錄影查了嗎？」

幾人這才想到還可以查錄影，兩個服務生二話不說，直接帶著他們兩人去了保全室。

根據景鈺的話推測出葉涵歌消失的時間，再篩查那個時間點洗手間附近的監視器，這需要幾分鐘的時間。

這幾分鐘的時間裡，雖然房間裡冷氣開得很低，但是景辰的背上還是出了一層細密的汗。

他不敢想在這四十分鐘裡，葉涵歌身上究竟發生了什麼事，可能沒什麼大事，只是喝醉了酒在一個沒有人的地方睡著了，但如果不是那樣……

「找到了！」景鈺驚喜道。

景辰從服務生手中拿過滑鼠，倒回半分鐘之前，果然就見葉涵歌搖搖晃晃地從洗手間出來，茫然地站了片刻，然後一步三回頭地朝著右手邊一個通道走去。

立刻有人提醒：「切換到Ａ６走道的畫面。」

很快，眾人看到葉涵歌走進了一個燈火通明的包廂，裡面顯然有人，還不少。

景鈺擔心地說：「那不是我們的包廂。」

旁邊服務生也有點害怕：「是Ａ１。」

將影片快進，迅速掃過過去的四十分鐘，葉涵歌始終沒有從裡面出來。

景辰二話不說地往門外走，其他人連忙跟上。

景鈺顫聲問身邊的人：「那包廂裡是什麼人，你們知道嗎？」

片刻後才有人小聲回答：「男女都有，大約十幾個，像附近的小混混，看起來都不好惹。」

景鈺微微縮了下脖子，不安地看向前面的景辰，不知道為什麼，她總覺得這一刻的堂弟似乎比她還要緊張和憤怒。

到了包廂門前，包廂的隔音效果很好，但裡面一眾年輕男人的起鬨聲竟然蓋過了音樂聲傳到了門外。

景鈺聽到裡面男人的聲音更害怕了，擔心會不會真的發生什麼不好的事，茫然了片刻，突然意識到，還可以報警！於是也不攔著景辰，自己落後兩步撥通了一一〇。

景辰已經急瘋了，確認是這間無誤後，毫不猶豫地推門而入。

然而，當他看到包廂裡的情形時，有點傻了。

和來時路上想像的情況截然不同，包廂裡的確男男女女不少，不過也沒什麼出格的舉動，不是湊在一起喝酒，就是一起玩骰子打牌，包廂中的茶几上還放著一個被切了一角的巨型生日蛋糕，而在那茶几前面的地板上坐著一個女孩，正聲嘶力竭地對著麥克風嘶吼著：「天青色的煙雨，而我在等你，月色被打撈起，暈開了結局……」

身邊的服務生問：「哪個是你朋友？」

景辰沒有回答，大步流星地走進包廂拉起人就想離開。誰知道葉涵歌認出他後，無論如何也不肯跟著他走。

來的路上他有多擔心，現在就有多生氣：「鬧夠了沒有？」

葉涵歌沒見過這樣的景辰，脾氣也上來了：「我要唱歌！憑什麼不讓我唱？」

雖然不知道葉涵歌為什麼會跑到別人的包廂裡來唱歌，還沒人管，但看樣子她應該沒受什麼委屈，這讓景辰的火氣消了一半。

他儘量讓自己放緩語氣說：「沒說不讓妳唱，我們換個地方唱。」

說著還是要帶她走。

葉涵歌依舊不肯走：「你憑什麼管我？你是我什麼人？我出來唱個歌也不行嗎？我多喜

歡周傑倫你知道嗎？我多喜歡你知道嗎？」

景辰握著她手腕的手微微一僵，心也不可抑制地漏跳了一拍，但很快明白過來，是他自作多情了。

她說的是：「我多喜歡，你知道嗎？」

而不是：「我多喜歡你，知道嗎？」

他漸漸冷靜下來，略帶無奈地說：「我知道。」

葉涵歌卻一副委屈又倔強的樣子，甚至眼淚都流出來了：「你不知道！我就要在這裡唱周傑倫！唱〈青花瓷〉！」

其實剛才景辰推門進來時，包廂裡的人就注意到他了，但奇怪的是並沒有人站出來說什麼。此時他和葉涵歌這麼一拉扯，終於有個手臂上有刺青的男人坐不住了，起身走過來：「兄弟，有點眼生，也是梁子的朋友？」

景辰微微蹙眉，雖然不清楚這些人怎麼會讓葉涵歌在這裡唱歌，但看樣子應該沒什麼人趁機為難她，他的心也稍稍放了下來，不過開口時語氣卻沒什麼溫度。

「我是她朋友。」他說。

男人看看葉涵歌又看看景辰，哈哈一笑：「女朋友？吵架了？消消氣消消氣！坐下來喝一杯，沒有解決不了的事！朋友的朋友的朋友也是朋友！都是朋友嘛！」

「朋友？」景辰冷冷地回視男人，剛才因為看到葉涵歌安然無恙而放下的戒備此時又拾了起來——不到一個小時的工夫，這就成朋友了？

同是男人，刺青男見景辰這神情就知道是誤會了。他尷尬地笑笑，看向地上的葉涵歌，但還沒等他靠近葉涵歌，突然感覺到肩膀被身後的人扣住。他不明所以地回頭，年輕男人眼中的警告意味太明顯了。

刺青男解釋道：「我只是想問問這位美女是跟誰一起來的，找她熟悉的人勸一勸她。」

景辰這才鬆開手，到了這一刻，他已經差不多明白了，這包廂裡的人大概是在幫一個叫「梁子」的人慶生，不過來的這些人裡有彼此不認識的，這就導致葉涵歌雖然走錯了包廂，但其他人都以為她是他們中誰帶來的朋友，所以也沒有人站出來問一句。

想通這一點，景辰對刺青男倒是客氣了不少：「不用了，我這就帶她走。」

說完再也不管葉涵歌配合不配合，直接將人扛起，大步流星地走出包廂。

報完警回來瞭解了事情原委的景鈺總算放下心來，此時看到葉涵歌像個麻袋一樣被景辰扛著出來，覺得有點好笑。然而沒過多久，她就笑不出來了。

三個人剛出了KTV的大門，就聽到了刺破夜空的警笛聲，再看夜色中分外奪目的紅藍警燈，已經離他們不遠了。

景辰回頭瞥了眼景鈺：「妳報警了？」

景鈺縮了縮脖子：「現在可以撤銷嗎？」

「妳當警察出警是辦家家酒嗎？」

「那怎麼辦？」

景鈺做得也沒錯，剛才那種情況真的說不好後面會發生什麼事。但是眼下，葉涵歌這個罪魁禍首還不安分地在他身上發著酒瘋，顯然沒有辦法配合警方做什麼筆錄。

姐弟倆商量了一下，最後決定讓景鈺和KTV服務生一起去做筆錄，景辰負責把「醉漢」葉涵歌送回宿舍。

景辰臨走前，景鈺又想起一件重要的事情囑咐他：「千萬別去按門鈴，晚歸要被管理員約談的！」

景辰皺眉：「不回宿舍要去哪？」

景鈺說：「當然還是回宿舍，但是不能走正門。我們宿舍東邊廁所的窗戶上沒有鐵柵欄，一般窗子都是開著的，晚歸的人怕被阿姨發現，都是從那窗子翻進去。」

「妳讓我翻女廁所的窗戶？」

「誰讓你進去了？我看涵歌也不是完全不省人事，等到了宿舍，搞不好酒都醒了，你把她弄進去就行。」

景辰還想再說點什麼，警車卻已經快到了，他只好扛著葉涵歌先離開再說。

轉過一個彎是一條小路，此時夜深人靜，路上連隻野貓也沒有。

景辰知道葉涵歌在他肩膀上肯定不舒服，就輕輕將人放下。

剛才還在胡鬧的葉涵歌，此時卻安靜了許多。渾身綿軟無力，人剛落地又直直地倒向他的胸膛。

這和幾分鐘前的情況截然不同。

剛才把她從KTV帶出來時太混亂了，所以沒來得及多想，此刻在如水的夜色下，幽靜的巷道中，只有他和她。如果不算一年前那個錯亂的吻，眼下大概是他們最親密的一次接觸了。

柔軟的身軀、冰涼的皮膚，甚至是身上獨有的洗髮精的香氣，都讓他的身體一瞬間緊繃起來。

葉涵歌還在說著胡話：「我多喜歡你知道嗎？」

景辰心裡微微嘆氣，他當然知道了，明明唱得那麼難聽，還自得其樂地唱了這麼多年，她有多喜歡周傑倫和〈青花瓷〉可想而知。

可是今晚，他卻想自欺欺人地只聽其中的三個字——喜歡你。

景辰又是一嘆，怎麼才能讓這固執的傢伙喜歡上自己呢？她那冒冒失失的男同學到底哪裡好？聽說連個簡簡單單的「模電」都考不過，還要她幫忙補習，光是智商這一點就不怎麼行了，不知道她這是什麼眼光！

腦子裡胡思亂想著，直到感受到貼著自己的綿軟身軀正在緩緩下滑，他才回過神來，伸手環住了她。

很想就這麼一直與她相擁下去，但是他也知道，不應該這樣乘人之危。

景辰猶豫了一下，如果扛著她走兩公里，對自己來說還算輕鬆，但葉涵歌肯定會覺得不舒服。只好借著牆小心翼翼讓她趴在自己背上，這才又朝文昌苑走去。

不知道什麼時候背上的人漸漸安靜了下來，醉話也不說了，溫熱輕淺的氣息有規律地掃過他耳後的皮膚，讓他的心裡癢癢的。

看看路燈下兩人交疊在一起的影子，還有靠在肩膀上隨著他的動作一晃一晃的小腦袋，想著如果在她清醒時，他們也能這麼靠近該多好。

突然希望回去的路能長一點，像這樣有個光明正大的理由跟她獨處的時間太難得了。可是即便再怎麼刻意放慢腳步，因為實在不算遠，沒多久還是到了文昌苑。

揹著葉涵歌繞著她住的那棟樓轉了小半圈，總算找到了景鈺說的那扇窗戶，果然其他樓層的窗戶都有個鐵柵欄，只有這處不知道為什麼沒有，而且窗戶還是開著的。

想不到他景辰也有不得不爬女廁所窗戶的一天。

借著稀薄的走廊燈光，可以隱約看到窗子裡的格局，這扇窗戶裡面是一排洗手檯，再裡面還有隔間，應該才是廁所。現在看裡面黑燈瞎火的，應該沒有人。

景辰悄悄鬆了口氣，現在很晚了，沒什麼人，不然這要是被別人撞見，明天肯定要以一個新的身分上校園論壇了。

放下葉涵歌，將她叫醒。

再度醒來的葉涵歌好像酒醒了一些，睜眼望向他時，一雙眼睛清澈如水。

他放輕聲音問：「妳自己進去沒問題吧？」

時隔近一年，她怔忪了片刻，又問出了那句話：「怎麼是你？」

一句話讓景辰心中所有的旖旎幻想都消失不見了，彷彿重演景鈺生日那一夜。

他沉下臉錯開目光：「妳希望是誰？」然而還不等葉涵歌回答，他又冷冷地盯住她，「妳希望是誰也沒用，要不是景鈺打電話給我，誰願意大半夜出來處理一個醉鬼？」

葉涵歌仰頭望著他，剛醒時迷蒙的神情已經不見，取而代之的是一副委屈的模樣。

見她這樣，他又心軟了。不喜歡他也不是她的錯，可是看她把自己搞成這樣，他又生氣，大半夜喝成這樣到底是為了什麼？難道是那智商不夠的傢伙讓她受氣了？景辰心裡那點驕傲還在，哪怕明知道葉涵歌已經醉了，明天醒來未必記得今晚說過的話，還是抹不下面子去打聽情敵的事情，只是在心裡下定決心——等他徐徐圖之讓她喜歡上自己後，絕對不會讓她像現在這樣傷心。

景辰深吸一口氣：「快進去吧，洗個臉睡一覺，醒來什麼事都沒有了。」

她聽懂了，默默點頭，轉身試圖爬上窗臺。但可能是因為喝了酒的緣故，她像隻貓熊似的，動作遲緩可愛，窗臺明明沒有多高，卻怎麼也上不去。

最後還是他伸手托了一把，她才終於爬上窗臺。

然而就在這時，不遠處突然傳來一聲呼喝：「什麼人在那裡？」

這邊奮力爬牆的兩人都被嚇了一跳，尤其是葉涵歌還醉著，直接一腳踩空摔倒在裡面的地板上。

景辰見狀，心立刻提了起來：「摔傷了嗎？」

一窗之隔，沒有人回應他。

剛才朝他們大呼小叫的人應該是學校教官室的，而且聽腳步聲那人正朝他們這邊走來。

霎時間，景辰也沒想太多，一手撐著窗臺乾脆俐落地翻進了室內。

所幸葉涵歌沒什麼事，正坐在地上揉著膝蓋。

腳步聲已經到了牆外，他連忙拉起她靠在牆邊，與此同時，一道手電筒的光掃向室內，幾個來回後沒看到什麼人，那教官才放棄。

然而這邊的危機剛剛解除，一陣沖馬桶的聲音又讓景辰剛剛放下的心提了起來。

裡面竟然有人？

第三章　殊途同歸

就這麼一會兒的工夫，葉涵歌似乎又睡著了。

景辰滿肚子苦水，活了二十年，還沒有哪天像今天這麼「驚心動魄」的。

迅速掃了眼周圍，洗手檯邊有個儲物隔間門正好開著，裡面能藏人。但當他把葉涵歌塞進去後，發現好像沒有能藏自己的空間了。

拖鞋踢踢踏踏摩擦著地板的聲音越來越清晰，一個胖乎乎的中年女人閉著眼睛撓著屁股，夢遊似的走到洗手檯洗手。

景辰認出來了，是女宿的管理員劉阿姨。

劉阿姨距離景辰只有不到兩公尺，只要她一睜眼，兩人就會來個四目相對。

在這時，儲物間裡的葉涵歌聽到了外面的聲音，不安地哼哼了兩聲。劉阿姨停下動作，瞇著眼睛皺了皺眉。

景辰無奈地嘆氣，這時候要是葉涵歌被劉阿姨發現了，她醉酒晚歸的事情肯定瞞不住，少不了又要被管理員叫去「喝茶」。

短短數秒之間，景辰做了個決定——趁著劉阿姨還沒睜眼看到他，直接起身衝出洗手間，朝宿舍大門的方向跑去。

這動靜讓劉阿姨澈底清醒了過來，但睜開眼只來得及看到一個男生的背影。

反應過來後，她一邊大叫著「哪來的小色狼」，一邊拖著肥胖的身軀追了出去。可惜追到門口後只見防盜門大敞著，而「小色狼」早已不見蹤影。

劉阿姨操著一口家鄉話罵了起來。

有不少住在一樓的女生被吵醒，出來看情況，阿姨一邊控訴著不知哪來的小色狼偷看她上廁所，一邊提醒女學生們注意安全。罵了好一會兒，大家也都累了，這才各自回房間休息。

走廊裡重新歸於平靜，景辰悄悄從寬大的穿衣鏡後出來，折了回去。

此時的葉涵歌已經澈底睡熟了，稀薄的月光下，一張睡顏寧靜可愛，或許是因為睡得不安穩，兩簇濃密的睫毛微微抖動了兩下，因為喝了酒而格外紅潤的唇不滿地嘟囔著什麼，從而牽動了她腮邊兩團小小的嬰兒肥。

他記得她一直是這個樣子，上中學時就因為這嬰兒肥顯得比同齡人年紀要小，明明很可愛，可是她自己很不喜歡，體重才四十多公斤，還整天嚷嚷著減肥。

當時他無意撞見過她和他姐在家裡做什麼瘦臉操，動作很浮誇，他姐做起來簡直可以用「猙獰」來形容，不過輪到她時，就有點可愛了。

站在她面前無聲地發了一會兒呆，片刻後才輕輕嘆了口氣，躬身橫抱起她，放輕腳步出了門。

一路上小心翼翼避著人，當他終於找出鑰匙，把她安頓在宿舍的床上時，景鈺的電話也來了，說她找了警察局附近的賓館暫住一晚，讓他放心。

看了眼時間，已過了淩晨兩點，他知道該走了，但看到床上的人，又有點捨不得離開。景辰打量著房間裡的布局擺設。

文昌苑還是上下鋪的布置，只不過他們科系的女生稀少，這房間只住了她和景鈺兩人。兩人都睡在下鋪，上鋪用來放東西。床尾擺著書桌，上面除了幾本書，全是女孩子喜歡的小東西。

他一一看過去，想不到她平時穿得素淡，私底下卻像個沒長大的小女孩一樣喜歡粉紅色。不過幸好沒讓他看到什麼和其他男人有關的東西——除了床頭那張周傑倫的海報——他看周傑倫不爽很久了。

此時，床上的某人不安地翻了個身，從側臥變成仰躺，清秀的面龐澈底暴露在燈光下。

他的視線仔細掃過她濃密的長睫、挺秀的鼻樑，最後停在那小巧紅潤的唇上。

鬼使神差地，他又想到景鈺生日的那一晚……把他當什麼人了？親了就跑，以為沒事了嗎？欠下的債早晚都得還。

葉涵歌做了一個悠遠甜蜜的夢，夢到自己在看周傑倫的演唱會，不知道怎麼就遇到了景辰，景辰說他喜歡的人其實是她，最後竟然還吻了她……如果可以，真的不想醒來！

然而，現實是殘酷的。

醒來之後，出現在腦海中的記憶片段，讓葉涵歌不由得緊張起來。昨晚去唱歌的明明只有她和景鈺，景辰怎麼會出現？她有沒有做什麼丟臉的事？

房間裡只有她一個人，她連忙打電話給景鈺。

電話響了好久才被接通，景鈺的聲音迷迷糊糊的。

葉涵歌問：「妳在哪？」

景鈺哼嘰了兩聲，再開口時似乎清醒了一些：『還能在哪啊，大小姐，昨晚被妳搞到半夜，現在當然是在飯店睡覺了！』

「飯店？」

景鈺把昨晚的情況簡單說了一下，葉涵歌怔怔地聽著，恨不得原地爆炸。

原來昨晚景辰真的出現了，那麼那些她發酒瘋的記憶片段也是真實發生過的事情！

在他面前端莊大方了這麼多年，全被昨晚的幾瓶酒毀了！天哪！她簡直不敢想像他會怎麼想，更不知道以後該以什麼姿態來面對景辰！

如果可以，她恨不得以後都不去實驗室了，但是現實情況是，因為劉軍回國沒能如期開的專案組例會改期到了今天下午。

葉涵歌看了眼時鐘上的時間，疲憊地搓了搓臉，不得不下床洗漱。

葉涵歌出門時正趕上午飯時間，宿舍裡人來人往，比平時更熱鬧。

宿管劉阿姨站在宿舍大樓門口，一手插著腰，一手正指揮人在門前顯眼的地方貼著什麼。有熟悉的女生從她身邊路過時，她還不忘和人抱怨幾句。

葉涵歌心裡升起一絲不太好的預感，深吸一口氣，走到阿姨身邊故作淡定地問：「阿姨，這是發生什麼事了嗎？」

劉阿姨還在氣頭上，有人願意聽她發牢騷，當然不會放過這個機會，拉著葉涵歌一頓訴苦：「現在壞人太多了！我們學校附近也不太平，昨晚我起床上廁所，竟然被我撞到有個男的一直躲在洗手間裡偷看，天啊，阿姨我一把年紀了，也不能白吃這個虧，可惜那小兔崽子跑得太快，最後還是讓他跑了！」

葉涵歌想起自己昨晚和景鈺商量好的，如果回來晚了就從東側洗手間翻窗進來。所以景辰昨晚到底是怎麼送自己回來的，她心裡已經有了數，尤其是眼下，看阿姨見到她也沒提到昨天晚歸的事情，心中就更加確定了是怎麼一回事。

但還是確認了一下：「哪個洗手間？東邊那個？」

劉阿姨嘆道：「妳也猜到了吧？我早就報上去了，說那邊壞了個鐵窗，一直沒有人當一回事，這下子，終於出事了！還好昨天是阿姨，要是妳們遇到，那可怎麼辦啊！」說完又看向她身後，繼續指揮道，「這邊貼完，別的門口也要貼，對對，其他女生宿舍也都貼一下，要貼在顯眼的地方，讓大家都看看！」

葉涵歌回過頭，這才注意到是學校教官室的幾個老師，他們身後的牆上應該是剛貼上去的公告。以往有什麼通知也會貼在這裡，但只是幾張列印出來的A4紙，措辭簡單，一目了然，說清通知內容即可。這次的事情明顯受到了高度的重視，不僅紙張換成了A3大小，配合著變大的紙張，字體用了最大的加粗黑體，行文風格一改以往的簡單明瞭，對昨天晚上有年輕男性潛伏在女宿廁所，結果被阿姨發現的經過描述得非常詳細，最後除了提醒眾女生注意人身財產安全外，還描述了昨晚那年輕男人的體形穿著，鼓勵大家發現可疑者第一時間向宿管劉阿姨告知。

葉涵歌仔細看了下劉阿姨對昨晚那「小色狼」的描述，身高約一百八，皮膚很白，身穿黑色T恤和沙漠迷彩休閒褲，腳下是一雙黑色運動鞋。

葉涵歌一看這描述，就知道自己最擔心的事情還是發生了。黑色T恤和黑色運動鞋都很常見，但沙漠迷彩休閒褲並不常見，葉涵歌印象很深刻，景辰確實有一件。

她要不要替他澄清一下？可是看劉阿姨那疾惡如仇的樣子，就算她說景辰是為了送她而誤入女廁所，似乎也無法說服阿姨相信景辰並沒有趁機偷看她上廁所……

所幸阿姨昨晚沒看到他的正臉，其他人應該不會把這件事和他聯想在一起吧？

葉涵歌忐忑地吃了午飯，又忐忑地去了實驗室。

微波實驗室裡沒人，只好去研究生辦公室找景辰。景辰也不在辦公室，不過郭師姐倒是在，正聚精會神地盯著電腦螢幕看。

本以為郭師姐是在忙論文的事，葉涵歌走近了才看清楚，郭師姐電腦螢幕上停留的畫面是學校論壇，而位於「十大新聞」榜首，後面綴著一個醒目「Hot」（「熱門」）的新聞標題，竟然是《陌生男子趁夜潛入女生宿舍洗手間》。

葉涵歌傻眼了，一個晚上的時間，這事已經發酵到全校人盡皆知的程度了嗎？景辰知道了嗎？知道後會不會遷怒於她這個罪魁禍首？

想到即將臨頭的大禍，葉涵歌早就把最初那點旖旎的心思拋在腦後了，淑女形象哪有小命要緊呢？

出於生物「趨利避害」的自我保護本能，她決定今天還是離景辰遠一點。

正要離開，郭師姐突然回過頭來，指著電腦螢幕問她：「這是妳們宿舍嗎？」

葉涵歌裝模作樣地看了一眼：「好像是，不過那公告寫得也言過其實了，看這描述，對方不像是什麼壞人。」

郭師姐若有所思地點點頭：「我怎麼覺得好像在哪裡見過這人呢？」

葉涵歌嚇了一跳，真怕她下一秒想起這人是誰。還好就在這時，她的手機突然響了，藉著這機會匆匆躲出辦公室去接電話。

打電話來的是蔣遠輝。

『在實驗室嗎？』他問。

葉涵歌心不在焉地「嗯」了一聲：「剛來。」

『那我現在上去，有事找妳。』

葉涵歌猶豫了一下，把自己的位置告訴了他。

沒一會兒蔣遠輝就出現了，見到她便一副如臨大敵的模樣：「論壇上那事妳看到了嗎？」

研究生辦公室門口來來往往的人不少，葉涵歌不想在大庭廣眾之下討論昨晚的事情，提議說：「我們換個地方說話吧。」

蔣遠輝當然沒異議，跟著葉涵歌走到了樓梯間。

葉涵歌說：「你說我們宿舍出現男生的事情嗎？這可能是誤會吧，沒有論壇上說的那麼嚴重。」

蔣遠輝痛心疾首：「妳怎麼這麼沒有警覺心呢？」

景辰去樓下別的專案組的老師那裡借了本參考書，剛推開樓梯間的門，就聽到樓上有人說話。葉涵歌的聲音他一下子就聽了出來，至於後來說話的那個男生，應該就是那腦子不太靈光的男同學。

壓了一早上的火氣在這一刻差點沒忍住，景辰活了二十年，丟最大的一次臉就是為了她。一大早等到現在，沒等到安撫道歉的隻言片語，她還有工夫在這裡和別人說閒話。

鬼使神差地，景辰保持著推開門的動作沒有動。

空空蕩蕩的走廊裡，一丁點聲音都會被放大數倍，所以他們說的每一句話、每一個字，他都聽得清清楚楚。

就聽葉涵歌又說：「真的沒什麼事，放心好了，就算昨晚來的人真的有什麼不軌的企圖，教官室和宿舍管理那邊這麼大張旗鼓地找他，他也不敢再來了。」

不軌的企圖？景辰臉色難看。別人不知道事情的原委也就算了，他為什麼會出現在那裡，她還不清楚嗎？

蔣遠輝又說：「我不管那些，我就是擔心妳的安危。就算昨晚那人不來了，說不定還有其他宵小呢？還是要提高警惕，防患未然。正好我最近也在實驗室做專案，每天晚上還是我送妳回宿舍吧？」

景辰冷笑，想不到他忍辱負重沒換來一句道謝，倒是給別人做了嫁衣。

正暗自生著氣，一時沒留神，手一滑，推開的鐵門又彈了回來，「咣」的一聲正好撞在他的右腳上。

腳趾處頓時傳來劇烈的疼痛，讓他忍不住抽氣。抽完景辰突然意識到一個更嚴重的問題——他緩緩抬頭，透過樓梯欄杆間的縫隙，正好對上樓上兩人探究的目光。

偷聽是沒辦法繼續下去了，再退回去也不合適，索性若無其事地推開門，假裝剛剛看到他們的樣子往樓上走。但因為剛才右腳被鐵門一撞，還疼得使不上力，走起來一瘸一拐的。

葉涵歌沒想到怕什麼來什麼，明明是想避開景辰，卻又被他撞個正著。剛才他們對望的那一眼，她分明從他的目光中嗅到了一絲殺氣。

看來論壇上的文章景辰已經看到了，給他帶來了很大的困擾吧？生氣也是應該的。眼看著他一步步從樓梯上來，毫無溫度的目光掃過她的臉，葉涵歌像個犯了錯的孩子一樣只想找個地方躲起來。

不過她很快注意到另一個問題，他的腳怎麼了？莫非是昨天從宿舍逃跑時扭傷了？

葉涵歌心裡的罪惡感一下子蓋過了所有的感受。

「景師兄……」她小聲叫他。

很想問問他的腳究竟是怎麼回事，但他明明聽到了她的聲音，就是一眼都不看她，目不斜視地走過，朝研究生辦公室的方向走去。

望著他離去的背影，她的目光最後停留在他的褲子上——沙漠迷彩休閒褲。

他竟然又穿了這件褲子來！被其他人認出來怎麼辦？被郭師姐認出來怎麼辦？

想到這些，再也顧不上身邊的蔣遠輝，急急忙忙說了一聲還有事，就朝著景辰離開的方向追了過去。

她跑得又快又急，以至於轉過一個轉角時差點撞到一個人身上。

那人靠著牆，雙手插在迷彩褲的口袋裡，站姿慵懶隨意，正是景辰。

他沒去辦公室，站在這裡幹什麼？難道是在等她？

她很快意識到，他等她也不會是什麼好事，無非是等著秋後算帳。

「景師兄，你怎麼在這？」葉涵歌佯裝詫異地問。

景辰沒有回答，而是瞥了眼她的身後問：「聊完了？」

看來剛才她和蔣遠輝說的話，他肯定是聽到了一些，就是不知道聽到了多少。

她小心翼翼地解釋著：「我同學看了論壇上的文章有點誤會。」

景辰點點頭：「現在全校的人都對我有點誤會。」

葉涵歌連忙道歉：「抱歉啊，景師兄，昨晚我真沒想到會搞成那樣，都是我的錯。要不然我去找劉阿姨說一說，讓她把那些公告都撤了？」

「也行。」

葉涵歌正意外於他這麼好說話，就聽他又說：「她正好不知道昨天的人是我，妳去說了，她就找到人了，那些貼得到處都是的公告自然也成了廢紙。」

其實葉涵歌也知道現在去解釋反而越描越黑，她還是急著想做點什麼補救一下。

「那怎麼辦？」

景辰沒有回答她，彷彿也在思考這個問題，當他低頭看到自己的褲子時，想起了什麼，竟然難得地笑了笑。

葉涵歌順著他的目光看過去，卻以為他在看自己的腳，連忙問：「腳傷得嚴重嗎？去醫院了嗎？」

景辰愣了一下，看著她的眼神有點奇怪，但還是搖了搖頭。

葉涵歌真的急了：「必須去醫院，昨晚就受傷了，怎麼拖到現在？」

說話間她抬起頭，正對上他垂頭打量的視線。兩人視線相觸，景辰眨了眨眼又看向別處：「沒辦去醫院，但上午去校醫那看過了，沒什麼大事。」

葉涵歌對他這不在乎的態度非常不贊同：「校醫哪有什麼用，去年我們同學一個小感冒硬生生在校醫那看成了肺炎。」

「我這腳的情況自己有數，應該沒事，養幾天就行。而且……」景辰頓了頓，似乎有點為難，「附近的醫院總能遇到我們學校的老師、學生……」

後半句話沒有說，但葉涵歌已經明白了他的意思。確實也是，昨晚那烏龍剛出，現在去人多的地方，萬一被人認出來更麻煩。不過這讓葉涵歌的負罪感更重了。

於是葉涵歌很體貼地說：「那你就在宿舍休息吧，有什麼需要跑腿的，跟我說就行。」

景辰微微挑眉：「不好吧？妳一個女生，有時候不太方便。」

「沒什麼不好的，你這樣都是我害的，曹師兄能幫你做的，我也可以。有什麼需要做的，你儘管吩咐。」

葉涵歌想到的無非就是送個飯、傳個話之類的事情，所以完全沒當一回事。

景辰點點頭，心情終於好了一點：「其實也沒什麼，不過既然妳都這麼說了，那我就不客氣了。」

葉涵歌大大方方地笑：「真的不用客氣。」

景辰說：「這段時間我就只能待在宿舍，吃飯什麼的倒是不成問題，可以叫外送。不過沙塘園裝熱水不太方便，就要麻煩妳了。」

他們所在的這個校區是D大最老的一個校區，房子都是二十世紀的老古董，電路老化嚴重，嚴禁學生們在宿舍裡用電熱水壺這種大功率的設備。所以直到現在，大家要用熱水，都還是需要到水房去裝。

葉涵歌她們裝水的地方就在宿舍樓下不遠處，而景辰他們裝水的地方在沙塘園學生餐廳。雖然都地處沙塘園，但餐廳和宿舍區之間還是有一段距離。不過難得為景辰做點事，既然提出來了，她也不含糊，爽快地答應了下來。

就在這時，葉涵歌的手機響了，看了眼來電顯示，是景鈺。

景辰也看到了，朝她的手機揚了揚下巴，示意她接。

葉涵歌接通了電話，不過考慮到對方是景鈺，在電話接通後，景辰並沒有要避開的意思，就那麼百無聊賴地靠牆站著，明顯是要等她打完電話繼續說的意思。

然而電話一接通，還沒等葉涵歌說什麼，景鈺瘋狂的笑聲就從聽筒裡傳了出來。

『哈哈哈哈哈哈，我要笑死了……偷看阿姨上廁所的小色狼，還被阿姨追著滿宿舍跑……妳不知道劉阿姨跟我講昨晚那驚心動魄的一幕時，我都快笑死了……』

景辰和葉涵歌所在的地方在實驗大樓比較偏僻的角落，此時周遭靜悄悄的，兩人距離又近，再加上景鈺的聲音穿透力極強，葉涵歌不用抬頭都知道，景鈺的每一句話、每一個字，景辰肯定是聽得清清楚楚。

她連忙壓低聲音說：「先不跟妳說了，我有點事。」

說完也不等景鈺回應就想直接掛斷電話，但越是慌張就越是容易出錯，結果手忙腳亂間非但沒有掛掉電話，反而切換成了擴音。

景鈺的聲音被放大數倍在兩人間迴盪：『別急著掛嘛，再聊一下！我弟的光榮時刻，這可是千載難逢啊！』

葉涵歌偷偷瞟了眼對面的人，景辰的表情看上去與平時沒什麼不同，但熟悉他的人都知道，那微微抿起的唇說明這個人此刻的心情不太好。

葉涵歌感覺握著手機的手都在顫抖，嘗試了幾次，終於在景鈺那傢伙說出更讓人尷尬的話前，成功切斷了通話。

走廊重新歸於平靜，葉涵歌尷尬地笑笑：「景鈺這人你也知道的，別太在意。」

景辰沒接她的話，而是接著剛才的話題繼續說：「白天的時候宿舍裡偶爾有人休息可能不太方便，妳就每天晚上自習結束後把熱水送過來吧。」

他沒因為景鈺那番挑釁的話遷怒於她，這讓葉涵歌大大鬆了口氣。

然而這口氣還沒完全鬆掉，就聽景辰又說：「我剛才聽說妳同學不放心妳的安全要每天送妳回宿舍？」

他這思考方式實在是過於跳躍，葉涵歌還沒來得及回答，他接著說道：「我覺得這樣挺好的。雖然昨晚的事是個烏龍，但妳每天那麼晚才從實驗室離開，確實不太安全，而且兩壺水挺重的，可以讓同學幫幫忙。」

聽不出這話究竟是嘲諷她，還是出於真心，葉涵歌只能說：「沒事，我們學校這裡的治安好著呢！大不了我以後早點回宿舍。」

讓蔣遠輝幫忙打水的事，她可不敢當真。不想欠蔣遠輝的人情是一方面，另一方面，她總覺得景辰說起蔣遠輝時的語氣有點奇怪……看來蔣遠輝說要她防著「色狼」那話，還是刺痛了他……

所以晚上蔣遠輝約她一起走，她就找了各種理由搪塞過去了。但是她忘了蔣遠輝也住在沙塘園。

晚上幫景辰裝水的時候，蔣遠輝正好從學餐買了宵夜出來。見她拎著水瓶往沙塘園宿舍的方向走，他無比意外：「妳要去哪裡啊？」

葉涵歌見事情瞞不住了，只好說是幫景辰裝的。

蔣遠輝腳步一頓，不情不願地問：「憑什麼讓妳幫他裝水啊？妳不會是喜歡他吧？」

葉涵歌頓時有點慌了，腳下不由得絆了個踉蹌，差點把手上的水瓶扔出去。

「怎麼可能？你下午也見到他了，他腳受傷了不方便，只是叫我幫個忙而已。而且他帶我做專案，我平時也沒少麻煩他。」

蔣遠輝沒想到自己隨口一句玩笑話，讓葉涵歌反應這麼大，連忙伸手去扶她，不過聽了她的話，又有點意外：「他就是景辰？」

葉涵歌有點好奇：「你也知道他？」

蔣遠輝悻悻地撇嘴：「神人嘛，誰不知道。不過都聽說他如何厲害，我以為是個書呆子呢，沒想到長成那樣，上次在走廊裡叫妳開會的也是他吧？」

「長成哪樣？」葉涵歌被蔣遠輝的措辭逗笑了。

蔣遠輝瞥她一眼，沒好氣道：「人模狗樣的。對了，他是不是不太好相處，平時沒少壓榨妳吧，不然怎麼能讓一個女孩子幫他裝水？」

壓榨肯定是不至於，他對她該怎麼說呢……雖然景辰對誰都不冷不熱的，但是對她和對別人好像有點不一樣，究竟哪裡不一樣，她也說不上來，真的要讓她分析的話，可能還是去年那件事讓他一直不愉快。

葉涵歌兀自想著心事，在蔣遠輝看來，她的沉默等於默認。誤以為真相被自己說中的一剎那，蔣遠輝鬆了口氣的同時也特別替葉涵歌不平，轉念想想又覺得也不是完全不能忍，不就是腿腳不便，拜託學妹提幾壺水嗎？更何況葉涵歌還有求於人家，只是出於性別角度，總讓人覺得對方沒什麼風度。不過這樣也好，對方沒風度了，才能顯得他有風度。

想到這裡，他反而安慰起葉涵歌：「算了，哪裡都一樣，閻王好見，小鬼難纏，為了保送加分，就再忍忍吧。」

說著，竟然很善解人意地接過了她手上的水壺。

葉涵歌雖然沒搞明白蔣遠輝的態度怎麼轉變得這麼快，但還好他沒有再多想，也讓她鬆了口氣。

到了景辰的宿舍樓下，葉涵歌說自己把水送上去，蔣遠輝沒意見，只說在樓下等她下來，回頭再把她送回宿舍。

葉涵歌是第一次上男生宿舍，所以有點緊張，也就沒在意蔣遠輝說要在樓下等她的事情。

她提著兩桶水上樓，本來以為宿舍管理員會攔一下的，沒想到看著她進去也沒說什麼。雖然路上會有男生好奇地打量她，但大家都沒表現出太多意外的情緒。看來男生宿舍，尤其是研究生宿舍的管理真的很鬆散。只是想到隨隨便便什麼女生都能進景辰的宿舍，郭師姐很可能也來過，她的心裡又酸酸的。

來到景辰的宿舍門前，門沒有鎖，微微開著一條縫，裡面傳來音樂聲，她生怕撞到什麼不方便看的場景，也沒有往裡看，規規矩矩地敲了敲門。

片刻後有人來開門，聽那沉穩的腳步聲，她以為會是曹文博，一抬頭發現竟然是景辰。

葉涵歌遲疑地掃了一眼他的腳——看不出來有什麼問題。

「進來吧。」他側身讓開門。

葉涵歌連忙擺手說：「不用了，我把水壺放下就走了。」

景辰回頭看她一眼：「前幾天有個問題一直沒解決，我今天突然想到了解決辦法，不過要在伺服器上驗證一下，妳進來等我一下，等一下一起去一趟實驗室。」

說著也不等她回應，一瘸一拐地往房間裡面走。

葉涵歌看著他雖然有點吃力但依舊挺拔的背影，明白剛才是自己想多了，他的腳確實還沒好，而且白天在樓梯間裡她也看得清清楚楚，那絕對不像是裝的。

裡面一扇門打開，曹文博探了個頭出來：「葉師妹來了？隨便坐，別客氣。」

葉涵歌這才有空打量一下研究生宿舍的格局。

這間宿舍類似於兩室一廳，只不過中間的會客室非常小，幾個男生住著還是被收拾得很乾淨，有一個兩人坐的沙發和茶几。裡面有兩間臥室，匆匆掃了一眼，和女生宿舍的格局差不多，兩人一間。景辰剛剛進去的那間就是曹文博出來的那間，看來他們住在同一間。

怕她感到尷尬拘束，景辰在裡面換衣服的時候，曹文博就在外面陪著她聊天。

不過沒有讓他們等太久，景辰換好了外出的運動鞋從裡面出來。經過另一個房間的門時，他輕輕敲了兩下，一個戴眼鏡的男生開了門。

景辰說：「老白，自行車借一下。」

那男孩二話不說地折回去拿車鑰匙，遞給景辰的時候隨口問了句：「你不是也有嗎？」

「我那輛不能載人。」

景辰邊說邊掃了眼坐在沙發上的葉涵歌，然後一瘸一拐地走向門口。

葉涵歌還沒搞明白他那話的意思，見他要走，連忙起身和曹文博道別，然後跟著他出了門。

見兩人離開，曹文博皺著眉頭問老白：「你說有什麼病是白天好好的，一到晚上就會發作的？」

被叫老白的人不明所以，但還是仔細想了想回答說：「感冒發燒？哦，對了，我聽說癲痼也是。」

曹文博翻了個白眼：「我是說腿腳方面的。」

老白聳聳肩，表示從未聽過。

曹文博也滿頭問號地回了房間。

樓下的蔣遠輝總算盼到了葉涵歌下來，只是沒想到的是，她身後還跟著一個人。自從知道了對方的身分，雖然一直懷疑對方是敵非友，可是經歷了這麼多年被學霸支配的恐懼，讓他下意識地對景辰比對別人恭敬了些。

所以兩人雖然從來沒打過交道，還是點了個頭算打了個招呼。

出門後景辰沒再和葉涵歌多說一句話，一聲不吭地走向自行車棚的方向。

見他一走，蔣遠輝說：「走吧，我送妳回去。」

葉涵歌卻有點為難地說：「你都到宿舍門口了，再為了送我，跑一趟太麻煩了。」

「麻煩什麼？反正我現在回宿舍也是和他們打遊戲，還不如送妳。」

「真的不用了，而且我等一下還要去趟實驗室。」

蔣遠輝正打算說要陪她去，卻見一輛自行車突然停在了前面不遠處，是景辰。

他身高腿長，人坐在車座上，一腳隨意踩著腳蹬，另一條長腿輕輕鬆鬆地踩著地面，保持著平衡，明顯是在等人。

葉涵歌收回視線，對面前的蔣遠輝說：「正好景師兄也一起過去，就不麻煩你了。」

此時，蔣遠輝也沒理由再跟著去，雖然不情不願，但不得不讓葉涵歌跟著景辰一起走。

看著兩人離開的背影，他更加確定，這景辰絕對是敵非友，還是那種實力不可小覷的強敵。

葉涵歌追上景辰：「景師兄，我們走吧。」

景辰回頭看她一眼，然後朝身後揚了揚下巴：「上車吧。」

葉涵歌有點雀躍，畢竟這個場景她幻想過好多次了，但是目光掃過景辰的腳，又有點猶豫：「你的腳沒問題嗎？」

「走路會加劇腳傷，不過騎車還可以。」

「可是我有點重……」

「我知道。」

葉涵歌愣了一下，她只是象徵性地謙虛一下，沒想到景辰這人完全不按牌理出牌。但轉念一想，他昨晚扛她回去時很可能真的累慘了，也就無話可說了，心底卻又隱隱泛出一絲甜蜜來。

葉涵歌說：「你先騎起來吧，這樣我再上，你會輕鬆一點。」

景辰沒再說什麼，聽她的話緩緩騎動車子。

見他騎穩後，葉涵歌提醒他說：「我上來了啊。」

他淡淡「嗯」了一聲，稍稍放慢了速度。

葉涵歌伸手扶著他的腰躍上後座。過程中車子依然平穩，心裡不禁得意，明明就很輕。

她坐穩後，車子開始穩穩地加速。

葉涵歌這才意識到自己的手還搭在景辰的腰上，連忙挪開，扶住座椅的連接處。

只是片刻的接觸，那感覺卻像烙在葉涵歌的掌心處一樣，久久揮之不去——單薄衣料下的皮膚溫熱結實，跟女孩子軟軟的腰完全不一樣，她知道那是屬於年輕男人獨有的青春活力，也是讓她心跳紊亂的罪魁禍首。

抬頭望了眼那寬厚結實的背，從來沒想過自己有一刻會離他這樣近。

微涼的晚風吹過，鼓動他單薄的衣衫，同時將景辰身上獨有的味道帶到她的鼻尖。那是一種混著沐浴乳香氣卻又只屬於他的味道，和以往聞過的任何一種香味都不同，是足以讓她心動的氣味。

據說人的各種感官中，只有嗅覺神經會直接連接大腦的記憶區塊，所以嗅覺所涉及的記憶往往是最深刻的。

或許就是因為這個原因，在往後許多年裡，每當秋天來臨，當她因為加班、聚會，或者購物晚歸時，夜風牽動她的髮絲，同時也牽動了某根記憶神經——她就會想起那一天他騎著單車載著她，穿過車流稀疏的街道，掠過零星的宵夜攤鋪，愜意而放鬆。當然也會想起那晚他的味道，那大概就是愛情的味道。

很快車子穩穩停在了實驗大樓樓下，此時已經過了晚上十點，距離宿舍門禁時間不到一個小時。實驗大樓裡空蕩蕩、靜悄悄的，偶爾有人走動也是將要離開。

兩人直接去了微波實驗室。

景辰打開伺服器，調出之前建好的天線模型，在地板形狀上做了些許調整，一邊設定參數，一邊跟葉涵歌解釋著：「可以嘗試在地板開槽或者倒角來優化天線的輻射性能。我沒猜錯的話，開槽應該會對高頻訊號有改善，不過開槽深度和寬度也有講究，可以先只設定一個變數掃描試一試，有了結果，明天再換個變數。」

「那倒角呢？」葉涵歌一邊聽一邊在筆記本上記錄著，還要努力不錯過景辰的細微操作。

他對這些軟體早已非常熟悉，在哪裡設定開槽，如何設定變數，信手拈來，但這些對新手葉涵歌來說還是很有難度的。她為了看得清楚點，不由自主地就湊近了一些。

「倒角對反射係數的強化是必然的。」

「為什麼？」

「倒角結構可以使饋線的輸入阻抗更平緩地過渡到天線的輻射阻抗……」

景辰沒有繼續說下去，葉涵歌記錄到一半不明所以地抬起頭，結果正對上一張近在咫尺的臉。

她這才意識到，自己都快鑽到他懷裡去了。

空氣有一瞬間的凝滯，她連忙坐正身子，不自在地低咳了一聲：「然後呢？」

他沉默片刻抬頭去看電腦螢幕，接著剛才的話繼續說道：「這樣可以讓天線在寬頻帶範圍有更好的匹配效果……」

他的聲音依舊平穩低沉，但不知道是不是她內心有鬼，總覺得那聲音聽起來和剛才沒什麼不同，卻又好像啞了幾分。而且剛才他們四目相對呼吸交纏的一剎那，他雖然仍是那副淡定無波的表情，可那雙眼眸中卻似有驚濤駭浪。

是她的錯覺嗎？

修改模型也只花了十幾分鐘的時間，讓伺服器重新跑起來後，景辰站起身來說：「走吧，送妳回去。」

葉涵歌連忙拒絕：「不用了，我自己回去就行。」

景辰瞥她一眼：「還是送一送吧，免得遇到什麼小色狼。還是，妳不需要我送，有其他人送了？」

聽到「小色狼」三個字時，葉涵歌就啞了，知道這是在故意揶揄她，也只好忍著，誰叫人家為了她揹了這麼大一口黑鍋呢？可當她再度坐上他的自行車後座時，心裡又隱隱生出一絲甜蜜來，想著以後如果能多幾次這種機會，也挺好的。

隔日葉涵歌有一整天的課，蔣遠輝昨晚沒找到跟她單獨相處的機會，今天特地吸取了前一天的教訓，提前問了她是不是要幫景辰裝熱水。

葉涵歌有點猶豫：「今天就不麻煩你了，晚點還是我自己過去吧。」

『跟我還客氣什麼，我只是想著晚點要去裝水，想起妳可能也要幫妳那師兄裝，順手的事。再說妳今天不是有一整天的課嗎，哪裡還有時間？』

葉涵歌剛下了一堂大課，正往另一堂課的教室趕，聞言也就沒再推辭：「那就麻煩你了，昨天的水壺你認得吧，上面寫了名字，幫我送到十二號樓三〇二。」

蔣遠輝爽快地應下，兩人又隨便聊了幾句，他聽到葉涵歌那邊好像挺忙的，也就掛斷了電話。

葉涵歌這邊剛掛上蔣遠輝的電話，又接到了景辰的電話，她有點意外，上次他跟她要電話，她要了個小心機搪塞了過去，不過他想知道她的號碼再容易不過了。

那他有沒有發現那個小祕密？

她對著來電猶豫了片刻，最終還是接通了電話。

景辰的聲音聽不出有什麼異樣，說話也還是和以往一樣簡潔明瞭，只是讓她下了課去實驗室看一下伺服器上的程式結果，她應下之後，他沒再多說什麼。

下了課隨便吃了點晚飯，葉涵歌直奔實驗室，上電梯時才想起自己沒有實驗室的鑰匙，正是晚飯時間，萬一曹師兄他們也不在怎麼辦？

正想著來都來了，只能上去碰碰運氣，結果老遠就見實驗室的門大敞著，她以為是其他師兄，走近了才發現是景辰。

聽到聲音，他回頭看了一眼，語氣無波無瀾地解釋著：「我想起來妳沒有鑰匙可能進不來，就過來了。」

「你的腳……」

「好多了。」他打斷她，「妳過來看一下。」

葉涵歌放下書包走到他旁邊的位子坐下，聽他說：「跟我們昨晚的猜測差不多，不開槽的時候高頻段的輻射性能比較差，槽深二至三毫米的時候十千兆赫茲附近駐波表現比較好，綜合我們要的頻段，選擇開槽深度在三點五毫米最合適，我們可以在這個基礎上再設定一個槽寬的變數，今晚試一試……」

設置好了模型，景辰又將這個天線涉及的相關理論前前後後講了一遍。

葉涵歌聽得一知半解，景辰看出來了，直接說：「沒關係，遇到問題隨時問我就行，不過別在這方面耽誤太多時間。妳們快要期中考了吧，這學期還是要以保證成績為主，讀了研究所以後，這些東西都會學到。」

葉涵歌點頭應下，景辰看了眼牆上的掛鐘問她：「回去嗎？」

葉涵歌也回頭看了眼時間，才八點多，平時這時候她不是在實驗室就是在圖書館裡自習，但是聽他這麼問，鬼使神差地就點了點頭：「正好明天有個作業要交，今天還沒來得及回宿舍拿書。」

景辰道：「那走吧。」

葉涵歌原本只是想著兩人能一起走一段路，沒想到下了樓等景辰取了車，他一句自然而然的「上來吧」，她就又坐上了他的後座。

今天與前一晚不同，路上行人比較多，而兩人同騎一輛自行車，這在大學校園裡是非常曖昧的舉動，尤其是景辰這樣的人，走到哪裡都備受矚目。所幸此時天已經全黑了，不仔細看完全看不出坐在後座的人是她。

但一路上葉涵歌還是提心吊膽的。

快到宿舍時，她老遠看到劉阿姨在和其他女生說話，情急之下就去拉扯景辰的衣服：「停停停！」

景辰聞言剎了車，她立刻跳了下來，掃了眼劉阿姨的方向對他說：「送到這裡就行了，你快回去休息吧。」

景辰也順著她的目光看了眼前面人來人往的宿舍門口，神色暗淡了幾分，二話不說就掉轉車頭離開。

毫不留戀的動作讓葉涵歌怔了片刻——看樣子是生氣了，這是看到劉阿姨想起那晚的事又不開心了？

❄

葉涵歌回到宿舍時，景鈺剛從窗外收回視線：「我還以為我看錯了，真的是妳，剛才騎車送妳回來的人是誰？」

「哦，景辰。」回答景鈺時，她突然有點心虛，所以故意假裝低頭放書包，沒去看她。

景鈺驚詫：「他怎麼突然大發慈悲這麼紳士了？」

葉涵歌正要解釋，突然發現竟然沒什麼太合適的理由。

這讓她自己都困惑了，他怎麼就那麼自然而然地說要送她，而她也那麼自然而然地就讓他送了呢？

抬頭對上景鈺的目光，她有點慌了：「他好像來這邊有事，就說順便送我，我也沒拒絕。」

景鈺微微蹙眉，似乎在想著什麼。

葉涵歌怕她多想，連忙岔開話題：「對了，馬上就要期中考了，妳準備得怎麼樣了？」

提到這個，景鈺果然馬上拋開先前的事情，懶懶地說：「隨便複習了一下，考過應該沒問題吧。」

葉涵歌提醒她：「我聽說去年綜合實驗課當了好多人，妳小心點。」

「不會吧？這門課的王老師都沒怎麼出現過，每次只安排助教上課，助教不就是妳們實驗室的那個師兄嗎？脾氣挺好的，從來不點名，這種課也能被當？」

「我也是聽高年級的學長說的。」

「那可能不是同一個任課老師。」

景辰回到沙塘園鎖好自行車，朝著宿舍走去，一進門就遇到從樓上下來的蔣遠輝。

在此之前兩人幾乎沒有說過話，男生看男生，在有些方面和女生的第六感一樣準。

蔣遠輝認定景辰是自己追求葉涵歌的一大強敵，而景辰也親眼見過蔣遠輝和葉涵歌一起看電影。

雖然不瞭解彼此，但對方對葉涵歌的企圖，他們都心知肚明。到了這一刻，蔣遠輝也想明白了，景辰讓葉涵歌裝水，這哪是在壓榨學妹，分明就是在替他自己創造機會！想到這，他無比慶幸自己替葉涵歌攔下了這事，不然總給他們這種機會，時間長了，葉涵歌這是去送水還是送人啊？

景辰一看到蔣遠輝就知道他這是剛幫自己裝完水下來。

兩個高大的男生站在門口對視了一眼，景辰先開口，聲音雖然清冷，但也保持著彬彬有禮的好教養：「其實用不著麻煩你，我回頭和她說一聲。」

他刻意沒說是麻煩什麼事，但兩人都心知肚明，他也故意沒提葉涵歌的名字，就是要營造出一種曖昧的氣氛，給人浮想聯翩的空間。

然而這句話證實了蔣遠輝心中的顧慮，他的臉色瞬間變得不太好看，不過人家客客氣氣的，他也放肆不起來，更何況為了葉涵歌，還不得不和眼前這人周旋，所以態度很好地說：「葉涵歌住的地方離這有點遠，而且每天來男生宿舍多少有點不方便，倒是我自己也要裝水，順便幫個忙沒問題的。回頭我跟她商量商量，以後就我來吧。」

景辰頓了頓說：「還是不麻煩你了。」

見他是打定了主意要繼續糾纏葉涵歌，蔣遠輝也有點著急，連忙說：「這算什麼麻煩？以前只是混個臉熟，師兄你可能對我還不瞭解，我和葉涵歌是同學又是同鄉，你是她師兄，也算是我師兄，師弟幫師兄裝個水，這算什麼麻煩？」

景辰微微挑眉：「不太好吧？」

「有什麼不好的？你不是受傷了，自己不方便嗎？再說，我現在雖然在電路那邊跟著做專案，但搞不好以後考研究所會為了葉涵歌轉成微波專業，到時候我們就是真正的師兄弟了，所以你就別跟我客氣了。」

「這樣啊。」景辰遲疑著點了點頭，「那就，謝了。」

蔣遠輝宣誓完主權，鬆了口氣：「不客氣。」

說完兩人誰都沒再說話，蔣遠輝這才後知後覺地讓開門口的位置，讓景辰過。

景辰略微點了下頭，朝樓上走去。

望著景辰離開的背影，蔣遠輝暗暗頭痛，這情敵果真有點難對付，除此之外又覺得哪裡好像不太對勁，但究竟是哪裡不對勁，一時半刻又想不到。

就這麼想了一路，回到宿舍時他才恍然大悟，大叫了一聲。

正在打遊戲的室友被他嚇了一跳：「什麼情況啊，輝哥！」

蔣遠輝望著對面的宿舍憤憤不平：「我就覺得不對勁，他剛才走路時哪像個受傷的人！」

說著他就要掏出手機找葉涵歌打小報告，但剛撥了兩個數字又猶豫了起來，他敢這樣當著他的面毫不遮掩，肯定是不怕他去告狀的，也就是吃定了葉涵歌那傻丫頭！所以他去告狀會不會讓葉涵歌不但不相信，反而覺得他心裡陰暗呢？

了。」

「太狡詐了！」

「『太狡詐』的某人剛回到宿舍，就被曹文博提醒道：「剛才有個學弟幫你把熱水送過來

景辰點點頭，沒多說什麼。

見他一副早就知道的樣子，曹文博困惑道：「現在的學弟都這麼上道的嗎？」

此時被借了自行車的老白從房間裡出來，聽到曹文博的話嘿嘿一笑說：「搞不好是我們辰哥魅力太大，不僅深受學妹們愛戴，現在連學弟也拜倒在辰哥的牛仔褲下了。」

曹文博哈哈大笑：「那豈不是有很多人嫉妒我？我以後出門要小心點了。」

景辰沒理會兩人無聊的調侃，對老白說：「你的自行車我再借用幾天。」

老白說：「我那破車你借多久都沒問題，我還是更喜歡騎你那輛，別看同樣是兩個輪子的，好車就是好車。」

神經一向有點大條的曹文博聽到兩人的對話，問：「你們怎麼突然換車騎了？」

老白正要回答，抬頭掃到景辰的神色，剛要說出口的話又咽了回去：「想換就換唄，可能辰哥沒騎過破車，好奇吧。」

景辰無所謂地笑笑，轉身進了房間。

葉涵歌哪好意思總讓蔣遠輝幫景辰裝水，有幾次跟他說不用了，他卻超乎尋常地堅持，而且這一堅持就堅持了一個多月，直到景辰的腳徹底「好」了。

蔣遠輝忍氣吞聲地幫情敵裝了一個多月的水，從一開始的心不甘情不願，恨不得在對方水壺裡下藥，到後來接觸多了，發現不提到葉涵歌的時候，對方確實是個挺不錯的人，也就有了點君子之交的意思。

尤其是有一次，他在學校附近一個小飯館吃飯，結帳時才發現手機不見了。他這人一直有點粗心，以為是自己出來時忘了帶，但是眼下服務生已經把收款的條碼戳到他眼前了，摸遍了全身，既沒帶手機也沒帶錢包，正尷尬地想著怎麼賒帳時，突然有人把手機湊到他面前，「嘀」的一聲掃了那收款碼。

他回頭，竟然是景辰。

眼前這人可是情敵！區區一頓飯的錢就想買他的尊嚴嗎？

蔣遠輝正想開口拒絕，景辰卻打斷他說：「錢已經付了，別想太多。」

見他步履輕鬆地走向門外，蔣遠輝又是一陣不爽，直接追上去問：「不裝了？」

景辰毫不心虛地瞥他一眼：「一個月了，該好了。」

蔣遠輝差點被氣死，要是現在有手機，一定把他健步如飛的樣子錄下來傳給葉涵歌！

而就在這時，卻見景辰朝著路邊幾個中學生走過去。那幾個學生身上穿著校服，手指間卻夾著菸，一看就是附近中學不學好的小混混。他對他們有點印象，剛才吃飯時，那幾個小孩好像就坐在身後那桌，吱吱喳喳吵得要命。

他好奇地跟過去，看到景辰不知道跟其中一人說了什麼，那男生臉上的表情從不屑變成了畏懼，見景辰伸出手來，他咬牙切齒地看看景辰，又越過景辰看向他。

蔣遠輝正不明所以，就見那男生心不甘情不願地從口袋裡掏出一隻手機，放在景辰攤開的手掌上。

那竟然是他的手機！

景辰也沒再跟那男生說什麼，回頭看他。他走上前去，景辰就把那手機遞給了他。

他看了眼自己失而復得的手機，又朝那幾個小崽子狠狠齜了齜牙，幾個小孩立刻躲遠了。抬頭再看情敵，正醞釀著要怎麼不失顏面地道個歉，就聽景辰輕飄飄地來了一句：「不用謝了，剛才的飯錢記得還我。」

蔣遠輝暗罵了一聲，立刻打開手機：「加個帳號，轉帳給你。」

景辰從善如流地掏出手機，兩個高大的男生就這麼鼓搗著手機，並排著往宿舍走去。

蔣遠輝幫景辰裝了一個多月的水都沒說過幾句話，但這個小插曲之後，兩人卻熟悉了起來，有時候在學校裡遇到，還會結伴往宿舍走。

這情形被景鈺和葉涵歌撞見過一次，景鈺好奇：「他們什麼時候認識的？」

葉涵歌就把蔣遠輝陰錯陽差地幫景辰裝了一個多月的水這事說了，景鈺聽了狂笑不止。

「蔣遠輝這傢伙腦子怎麼長的，趕著幫男生打水？不會是被妳打擊得太厲害了，性取向也變了吧？不過我看這兩人還挺般配，哈哈哈哈哈！」

明明只是景鈺的一句玩笑話，葉涵歌卻不知道怎麼了，想起了蔣遠輝說起景辰時欲言又止的古怪神態，還有他對裝水這件事的執著，但這些畫面也只是一閃而過。

葉涵歌問景鈺：「下星期那科綜合實驗課的考試妳準備得怎麼樣了？」

景鈺無所謂地擺手：「還沒來得及看，不過我看這門課就是白送學分的，考試的時候機靈點，混個及格應該沒什麼問題。對了，妳知不知道到時候誰監考？」

葉涵歌想了一下說：「曹師兄說會分兩個考場，他和王老師一人負責一個考場。」

景鈺放下心來：「那就好。」

與此同時，曹文博也在為監考的事情煩惱，因為葉涵歌期中考試的那天，正好有個關於MIMO天線的講座在創新基地舉辦，請的講師在業界很有名氣。曹文博目前的研究方向就是MIMO天線，他特別想去聽聽，但和監考的事情衝突了。

正在煩惱，忽然聽到景辰問他：「你給哪個班監考？」

曹文博：「一、二、三班。」

葉涵歌是三班，景鈺是四班。這麼說，曹文博要給葉涵歌所在的考場監考，而王老師則在景鈺所在的考場監考。

景辰狀似不在意地點點頭，明知故問道：「那講座你還去聽嗎？」

「這怎麼去啊？正好時間衝突了。」

「要不然……我幫你監考？」

曹文博聽了這個建議，立刻露出喜色，但很快又頹然地擺擺手：「算了，你也知道王老師那人多難打交道，我要是不去，今年助教的補助會打折。」

景辰想了一下說：「我可以去和王老師說說。」

曹文博還在猶豫：「可是MIMO這方面的講座你不去聽聽嗎？」

「這位講師的講座我以前聽過，內容大概都差不多。」

「什麼時候的事？我怎麼記得這位老師是第一次來我們學校開講座？」

景辰抬起頭：「那你到底要不要去？」

「去去去！不過你要怎麼跟王老師說？」

景辰皺眉想了一下，說實話，在此之前他沒跟王老師打過交道，在實驗室遇到也只是點個頭打個招呼的交情。而且他也聽說了這位老師不太好相處，剛才只想著替曹文博去監考，還真沒想好怎麼跟王老師說。

景辰猶豫了一下說：「不行你就說你病了吧。」

「我說謊就會心虛，到時候被王老師識破就麻煩了。」

「那就我替你去說，說你病得連自己請假都有困難。」

曹文博突然意識到有點不對勁，古怪地看著景辰：「幫我監考，你吃力不討好，圖什麼？」

景辰靜靜地回望著他，無比沉穩淡定地說：「圖你能聽到講座。」

綜合實驗課的期中測試分為兩部分，一部分是現場實驗，那個不難，在示波器上弄出幾個波形就算通過。

另一部分也像其他課程一樣有期中筆試，占期中總成績的百分之八十，前提是試題分數及格，否則一分都不算。

景鈺這學期蹺得最多的就是這門課，因為知道真正的王老師基本上不會出現，年輕的研究生助教又很好說話，從來沒有點過名。但是誰也沒想到，這麼佛系的一門課在期中考試時竟然露出了猙獰的面目。

其他課的期中考試只是算個平時成績，占比也不會很高，不管期中成績怎麼樣，以後肯定還有補救的機會。但是這門課在現場實驗或者理論答題任何一部分不過的情況下，平時成績就是零分，而且平時成績占期末總成績的百分之四十。也就是說，如果期中考試沒過，期末只有考到滿分才能通過。

景鈺聽到這個消息後整個人都傻了，隔天就要進行現場測試，想惡補一下示波器怎麼用也來不及了。還好她人不算笨，提前半小時到了上課教室，除了熟悉一下實驗儀器，還順便幫班裡一個成績不錯的女生占了旁邊的位置。現場測試開始後，她就跟著那女生一步步操作，也沒暴露自己其實什麼都不會的事實，再加上曹文博還算好說話，她又使出渾身解數撒嬌裝可愛，雖然最後只出了一種波形，但曹文博也讓她通過了。

不過隔天的理論考試，景鈺就沒這麼幸運了。

考場在實驗大樓的階梯教室，教室夠大，選了這門課的人也不多，人和人之間簡直是隔著十萬八千里，而且監考老師正是那位出席率和她差不多的王老師。

得知這門課的記分規則後，她突然想起上次葉涵歌說這門課當了很多人的事，專門去打聽了一下這位老師，才知道以前真的是太大意了。這位老師看起來平平淡淡，實則是最不好惹的，學生蹺課，她一般不會說什麼，但當她要說什麼的時候，就什麼都來不及了。

奈何再不好惹景鈺也已經惹了，眼下想作弊交換答案顯然是不可能了，只能寄希望於考試題目不要太難。

拿到考卷後，她還挺高興的——除了前面幾道選擇題不能隨便答，後面的問答題都是描述性的。

這就好辦了，多年的應試經驗告訴景鈺，只要寫得夠多夠真誠，總會拿到幾分的。

與此同時，另一個考場中，監考老師還沒來，葉涵歌還在臨時抱佛腳，忽然聽到原本嘈雜的教室安靜了下來，有人走上了講臺。

她以為是曹文博，也沒當一回事，想著能多看幾分鐘的書就多看幾分鐘，直到聽到身後的女生誇張地感慨：「怎麼是他！」

葉涵歌的學號是一號，每次考試都坐第一排，這次也不例外，她一抬頭，就對上了景辰的目光。

景辰今天穿了件立領白色棉布襯衫，襯衫下擺隨意散在淡藍色的牛仔褲外，腳上是雙尋常的白色運動鞋。然而就是這麼一身簡單的行頭，讓他有種介於少年和男人之間的氣質，配上剛理過的清爽短髮，還有那過分俊逸的眉眼，這殺傷力可想而知。

此時他一手隨意地撐在裝了試卷的牛皮紙袋上，微微朝她揚了揚下巴：「書收一收吧，馬上開考了。」

原來他半天不發卷子就是因為她。

她頓時有點不好意思，連忙把書塞進抽屜裡，乖乖等著發考卷。

葉涵歌在實驗室裡跟專案將近兩個月，對一般儀器的使用比別人要熟悉些。所以原本這門課的考試她是一點都不擔心的，但是怎麼也沒想到，監考老師會是景辰。

想到他可能正在教室的某個角落看著她，就渾身不自在，於是總忍不住抬頭尋找他的位置。但是很快就發現，他和其他監考老師不同，好像並不在意有沒有人想作弊，只是找了個偏僻的角落坐著，隨意翻著自己帶過來的書。

除了葉涵歌，也有其他人注意到了這一點，所以漸漸有人蠢蠢欲動起來。

她聽到坐在後排的女生似乎在悄悄翻書。

一開始那女生翻書的動靜還不算大，但是景辰的縱容讓女生越來越肆無忌憚起來，翻書的聲音也越來越大，聽得葉涵歌都替她緊張。

她不安地抬頭掃了眼景辰的方向，果然就見他也看了過來。片刻後，他朝她們這邊走了過來。

葉涵歌很想提醒一下身後的女生，但明顯已經來不及了。女孩子抄得忘乎所以，完全沒有意識到即將大禍臨頭。

不過讓葉涵歌很意外的是，景辰並沒有說什麼，只是在經過那女孩的座位旁邊時，警示性地敲了敲桌面。那女孩子被嚇了一跳，戰戰兢兢地收起書。

葉涵歌也跟著鬆了口氣，再度低頭看考卷，大部分的題目她都能答上來，但是有一道選擇題讓她很為難。

她和景鈺的標準不一樣，她要保送，所以一分都不能白丟。可是這道題她塗塗改改好幾次，還是不能確定該選什麼。

這時候她的視野內出現一片白色的衣角，再往下是雙筆直修長的腿。

本以為景辰只是路過，沒想到卻停在了她的座位前方。

她突然有點緊張，是剛才有什麼鬼祟的行為讓他誤會了嗎？

腦子裡正天馬行空地猜測著，身旁的人動了動，從身側轉到了她的對面，與此同時，那修長乾淨的手指輕輕滑過她鋪在桌面的考卷，最後在某處點了點。

這是什麼意思？

想到剛才他似乎也是這麼提醒身後那女生的，難道是她的視線滿場找他，被他誤會了？景辰是在提醒她專注做題，別動什麼歪腦筋嗎？

葉涵歌有點不爽，暗忖這人太武斷。

看了眼手腕上的錶，所剩時間不多了，於是她又開始琢磨那道不確定答案的題目，想來想去，還是覺得現在這個答案比較有可能，就沒有再改。

過了一會兒，景辰不知道什麼時候又繞到了她的身後，葉涵歌又緊張了起來。

沒有回頭，也能憑著洗衣精香氣的濃淡程度來判斷距離有多近。

他就那麼旁若無人地在她身邊站了一會兒，才重新回到了講臺上。

葉涵歌的心臟狂跳，她剛才可一點小動作都沒有啊，所以這奇奇怪怪的舉動到底是什麼意思？

然而還沒等葉涵歌想明白，考試已經結束了。他回到講臺上，眾人陸陸續續起身上前交卷。輪到葉涵歌的時候，他特別看了眼她的答案，然後抬頭深深看了她一眼。

那一眼又是什麼意思？葉涵歌百思不得其解。

回去的路上，葉涵歌遇到了同樣考完試出來的景鈺。景鈺和同學有說有笑的，看樣子心情還不錯。

葉涵歌說：「這麼高興，看來考得還可以嘛。」

「也那樣吧，不過這題目出得好。」

「怎麼看題目出得好不好？」

「全是問答題，多好！管它寫得對不對呢，反正我寫了一大堆，寫得手都疼了，最後總算是把答案框都寫滿了。」

葉涵歌無語：「又不是哲學題，妳都寫什麼了？」

原來景鈺抱著靠真誠打動閱卷老師的目的，洋洋灑灑寫了一大堆無關緊要的內容，最後一題甚至還寫下了自己沒有複習充分的原因，並期望能夠得到閱卷老師的諒解，附贈了一大堆祝福老師工作順利、身體健康的話，末尾甚至很用心地畫了幾顆小桃心。

葉涵歌聽完只覺得無語，但是此時看閨密心情還不錯，也就沒有打擊她。

景鈺又問她：「妳考得怎麼樣？」

「還可以吧，不過有一題不太確定要選什麼。」

說到這一題，葉涵歌連忙找出書來確認，結果發現自己搖擺不定了好幾次，最後還是在正確答案和具有迷惑性的錯誤答案之間選擇了錯的那個。

景鈺安慰她：「一題而已，影響不了什麼的。」

兩人正說著話走出教學大樓，景鈺一眼就看到也順著人流往外走的景辰。

「咦，景辰怎麼在這？」景鈺問。

葉涵歌頓了一下說：「來監考的。」

「妳們的考場嗎？」

「對，替曹師兄來的。」

「那妳們考場的人可慘了。」

兩人對視一眼，都記起了某些不堪回首的往事……

景辰這人有的時候實在是太過正直了。高中時有一次，景辰作為數學老師的得意門生幫老師批改低年級學生的考卷。景鈺得知這個天大的好消息後，死乞白賴地請求景辰務必對她放放水。其實景鈺那時的成績不錯，知道自家堂弟有這個機會放水，不用白不用，誰知道景辰非但沒放水，反而因為景鈺最後一題跳了步驟額外扣了兩分。這事把景鈺氣得揚言要和他斷絕姐弟關係。可惜這只是她的獨角戲，什麼斷絕關係，景辰完全沒當一回事，照舊我行我素地上學、放學。

葉涵歌正要回話，突然想起考場上他兩次走到她跟前的情形，如今想想，他手指點到的地方，不就是她做錯的那道題嗎？難道他是在提醒她嗎？

葉涵歌有點不敢相信，當初對著親堂姐都能大義滅親下得了狠手的人，這兩年究竟經歷了什麼事，竟然學會給熟人行方便了？

葉涵歌很快否定了這個猜測……不應該啊！沒理由啊！

這之後沒多久，期中考試的成績陸續出來了，綜合實驗這門課的成績還沒有登錄到網站上，就聽說葉涵歌的班級已經有人知道自己被當掉了。這個消息讓期中考過後又恢復了懶散生活的景鈺突然警覺起來——有人被當，那她會不會也被當？

景鈺央求葉涵歌：「這種考卷王老師應該不會親自改吧？我看多半會交給手下的研究

生，那曹師兄又是助教，我猜就是他改的。妳常在實驗室，跟他熟，幫我問問我的成績唄。」

「問問是沒問題……」葉涵歌有點為難，「但如果成績不好呢？」

憑她和曹文博的關係，讓他放水肯定是沒辦法的。他們還沒熟到那分上，而且葉涵歌也不太瞭解曹師兄這人在這種事上的態度，萬一適得其反呢？

景鈺似乎也想到了這一點，有點氣餒地說：「早知道我也好好跟師兄搞好關係了，不然也不會像現在這樣，連個說得上話的人都沒有。」

葉涵歌眨了眨眼：「妳也不是沒有說得上話的人啊……」

景鈺正想說什麼，看到她的表情明白了她指的是誰，冷哼一聲說：「指望那小子還是算了吧。他有多變態妳又不是不知道，我看他現在巴不得等著看我補考呢！」

不知怎麼的，葉涵歌就又想到考試時他提點她的情形。

她猶猶豫豫地勸景鈺：「可能那時候還小不懂事吧，妳整天欺負他，要是我，我也想著找機會報復妳呀！」

景鈺一聽就炸毛了：「我欺負他？我欺負得了嗎？在我家，他才像是真正的大少爺，我就是個用來襯托他的傻子！」

葉涵歌想到了以前，竟然不由自主地點點頭，直接惹來閨密一個痛心疾首的白眼。

葉涵歌趕緊轉移話題：「我是說人都是會變的，妳不問問怎麼知道他不願意幫忙，再說也不用他做什麼。據我觀察，曹師兄跟他關係很好，只要他打個招呼，先不用想著拿高分，看妳寫了那麼一大堆，給個及格分數應該不是問題吧。」

景鈺想了一下，嘟囔著說：「讓我求他？下輩子吧。」

然而這話說完，沒有等到下輩子，景鈺還是撥通了景辰的電話。

景辰剛洗過澡，正在宿舍裡上網查資料。曹文博這些天其他事情都沒做，光忙著改考卷了，今天還剩下最後十幾份，索性帶回宿舍改。

景辰這邊剛接通電話，還沒來得及說什麼，就聽到身邊的曹文博哈哈大笑。

景辰戴著藍牙耳機，所以曹文博完全沒注意到他正在講電話。

見景辰看過來，他聳動著肩膀哆嗦著手，把一張卷子攤開在兩人面前。

「我要笑死了！你看這人寫的是什麼。每道題都答得牛頭不對馬嘴，以為在寫作文呢！你再看最後這段……」曹文博清了清嗓子，模仿著女生的語氣念了起來，「『大三以來學業壓力日益繁重，我因天資有限，雖然每天挑燈夜讀至深夜，但依然有學不透澈的地方，希望老師看在我一心向學、態度端正的分上放我一馬。最後祝願老師心想事成，越來越漂亮／帥氣！』哈哈哈哈哈哈哈……大三能有什麼學業壓力啊！還挑燈夜讀到深夜？這學期她除了第一節課露了個臉，後面根本就沒出現過，這還一心向學、態度端正？哈哈哈哈哈哈，當我瞎了嗎？我看這段話裡只有一句是真的，她的天資是真的有限。話說這種人怎麼考上我們學校的？巧了，她也姓景，不會是你家親戚吧？」話剛說完他又立刻否定道，「怎麼可能，光憑智商這一點，她就不會是你的親戚。」

景辰瞥了眼那卷子上的名字，又瞥了眼自己正在通話中的手機，欲言又止地張了張嘴。

但曹文博正在興頭上，完全沒注意到景辰的神色有什麼不對，繼續說道：「還有啊，也不知道這人是怎麼想的，差個幾分來求求情也就算了，但答成這樣還指望我放她一馬，是讓我替她重新答一遍嗎？而且現場測試那天我已經放她一馬了，她還不知足……」

說到這裡，曹文博的臉上竟然出現了可疑的紅暈，這讓景辰鬼使神差地沒有阻止他繼續說下去。

曹文博見景辰一副很感興趣的樣子，雖然有點不好意思，但還是把那天的情況說了。

那天他看出景鈺什麼也不會，笨手笨腳的，還裝模作樣假裝很懂的樣子，其實全程都在偷看旁邊的人怎麼做。他本來也不是個計較的人，也就睜一隻眼閉一隻眼，只要能弄出波形來，就讓她通過。誰知道放了半天水，她還是差一種波形。沒想到那姐妹也放得開——雖然是助教和學生的關係，但平時見了面她連個招呼都沒跟他打過——可那天她一口一個學長，語氣嗲嗲的不說，還一直往他身上蹭。雖然入秋了，但金寧的天氣還是挺熱的，她穿得又很清涼……

還沒等曹文博紅著臉把這段經歷說完，一聲能刺穿耳膜的咆哮聲從景辰的耳機裡傳來。

景辰倏地摘掉耳機，站起來。

曹文博見他反應這麼大，不解地問：「怎麼了？」

景辰揉了揉耳朵，拿著手機走向陽臺：「去接個電話。」

景辰走到陽臺上順手關上門，深吸一口氣才重新戴上耳機，等來的卻是景鈺怒不可遏的一連串的「去死」。

「罵我也改變不了妳綜合實驗課要補考的事實。」

『我們完了！我要和你斷絕姐弟關係！』

「我記得一年前就斷絕過了，一年前沒斷乾淨的話，半年前那次應該也斷了。」

『你少跟我說風涼話！看我的笑話，你很開心是不是？』

說著，強悍如景鈺，竟然也有些哽咽了，這倒是讓景辰有點意外，意外之餘還有點不知所措。可還不等他說什麼，電話就已經被掛斷了。

他對著手機沉默了片刻，轉身回到房間。

曹文博還在改卷子。雖然明知道結果，但景辰還是問了一句：「剛才那份考卷及格了嗎？」

曹文博以為他是想接著八卦，理所當然地笑著說：「怎麼可能及格？」

景辰頓了頓又問：「差得多嗎？」

這一次曹文博總算注意到了景辰的不同尋常，有點不確定地問：「還真的是你家親戚啊？」

景辰用沉默回答了他。

曹文博尷尬地抽出卷子給他看：「那個……剛才我……」

「沒事。」他淡淡地說。

他姐為了蒙混過關能做出什麼事他想像得出，而曹文博是什麼樣的人他也很清楚，所以他知道曹文博那些話應該算是說得很含蓄了，倒是景鈺，說不一定還把人當傻子看呢。曹文博也是厚道，才讓她過了現場測試，而且眼下看這份答案卷，五十六分也算是很給面子了。

曹文博還是覺得有點尷尬，在一旁解釋說：「我真的沒有故意為難她的意思，這分數我真盡力了……」

景辰把卷子還給他：「我知道。」

葉涵歌見景鈺電話撥出去，明明通了卻半天不說話，看她的表情越來越不對勁，還想問問她怎麼了，聽到她突然怒吼一聲「曹文博」，然後就開始罵人。

難道這電話不是打給景辰，而是直接打給曹師兄的嗎？不是打算求情嗎，怎麼直接罵上了？

葉涵歌意識到問題的嚴重性，想去勸勸景鈺時，景鈺已經憤恨地掛斷了電話。掛上電話後就開始哭，這在葉涵歌的印象中還是第一次。

葉涵歌愣了一下，連忙上去安慰：「曹師兄不同意幫忙嗎？那也用不著這麼生氣，大不了補考，到時候我陪妳一起複習。」

景鈺太委屈了，抱住閨密號啕大哭，邊哭邊罵：「曹文博這個死變態！」

這事沒影響景鈺太久，因為成績公布後，景鈺就打聽到，他們班這一門沒過的人還真不少，有人跟她一樣慘，也就不覺得自己有多慘了。不過曹文博這個人，卻是被她牢牢地記在了心上。

接下來半學期，她倒是再也沒有蹺過這門課，而且每次都會提前到教室，找一個正對著講臺的位子。上課之後既不認真聽課，也不分心做其他事，只負責幽怨地盯著講臺上的曹文博，當他的目光不小心與她對上時，再緩緩露出個讓人毛骨悚然的微笑。

景鈺相信，如果目光能殺人，那麼曹文博恐怕早就被她淩遲至死了。

曹文博沒想到，當個助教也能惹來殺身之禍，不就是當了她一門課嗎？再說也不能怨他呀！雖然滿心委屈，但考慮到對方是景辰的親戚，他也不好說什麼。不過每次見了景鈺，他就像老鼠見到貓一樣，遇上便遠遠躲開，上課時更是小心翼翼地避著與她目光相觸。

葉涵歌雖然猜到景鈺大概是因為綜合實驗課沒過的事情，而記恨上了曹文博這老實人，但說實話，她也覺得這事不能怪曹文博。可是景鈺的性格她也知道，光講道理肯定行不通。所以就想著要找個機會，讓兩個人和解一下。

正好聖誕節快要到了，做實驗之餘她試探地問景辰：「景師兄，你去年的聖誕節是怎麼過的？美國的耶誕節是不是很熱鬧？」

「沒有。」他頓了頓說，「去年我在聖誕節前就回國了。」

美國的聖誕節和亞洲國家的春節差不多，都是最親近的親戚朋友在一起過。他一個外人，本來就很難融入，再加上歸心似箭，想著早點回家見到她，聖誕節前就回了國。他在家等了半個多月，才聽說她也放假回家了，可是還沒高興太久，就看到她和別人親親熱熱地去看電影。

想到這裡，他狀似不經意地問：「今年的平安夜妳打算怎麼過？」

葉涵歌想了一下說：「可能會和朋友一起吃個飯吧。」

朋友？哪個朋友？是不是那傢伙？

他點點頭說：「只吃飯沒什麼意思，不如安排一下團體活動。」

她想和某些人單獨出去過節？他絕對不允許。

葉涵歌沒想到還沒等自己提議大家一起過節，景辰自己就先提議了，這樣不僅能化解景鈺和曹師兄的矛盾，也能讓她借機和他一起過個節。

她矜持地笑笑：「確實人多了更熱鬧。」

「那到時候妳和景鈺把時間空出來就行，其他的事情我來安排。」

葉涵歌欣然應下。不過讓她意外的是，在她印象中景辰是不喜歡湊熱鬧的那種人，難道在她不瞭解的這幾年裡，什麼東西改變了他嗎？還是，他也想藉機和什麼人一起過節？

她不由得想起了好幾天沒怎麼在實驗室裡出現過的郭師姐，難道是兩人之前鬧了彆扭，他想藉此機會緩和，但又不好意思單獨約會，所以找來他們這些人當陪客嗎？

想到這裡，她試探著問他：「大家可能都已經在安排過節的活動了，要約團體活動的話，需要早點通知吧，需要我通知誰嗎？」

「還是我來吧。」

他哪是會安排這種事的人，分明就是有私心。

葉涵歌神情落寞，沒再說什麼。

景辰瞥她一眼，心裡有點不痛快，沒給她機會通知那傢伙，就不高興了？不過她要是堅持叫那人一起來，他也沒辦法拒絕，不然顯得他沒有風度。但是在自己的眼皮子下，總比讓他們兩人有機會單獨出去約會好。

安排個小規模的團體活動，對曹文博這個前學生會會長來說簡直就是小兒科。景辰只是提了個想法，他立刻回應，並且在一小時內給出了三個詳細的活動企畫。邀請的人員、吃飯地點、飯後活動地點、前往方式……他在活動企畫中都寫得非常詳細。

景辰隨意看了幾眼，所有包含唱歌環節的方案都被他否決了。原因無他，只因為最近幾次和KTV有關的經歷都不怎麼美好。

曹文博只好建議道：「那『轟趴館』這個方案呢？那地方我去過，樓上樓下兩層，一般二、三十人包館最划算，但如果我們湊夠十幾個人過去也差不多。那地方可以打遊戲、打牌、打撞球，你能想到的差不多都有，大家想玩什麼就玩什麼，可以隨性一點。」

景辰果斷否決：「不好。」

「為什麼啊？」

那麼大的地方大家又那麼分散，豈不是很方便某些人偷偷湊在一起？

「我們沒那麼多人，不划算。」

曹文博唉聲嘆氣：「那就只有最後這一個了。」

景辰看了看最後這個方案，在他們宿舍聚餐，飯後大家一起玩狼人殺。

雖然不知道狼人殺是什麼，但聽起來不錯，而且在他們宿舍裡，是他的地盤，空間又不大，人在哪裡一目了然，就算蔣遠輝那小子臉皮再厚，料想他也不敢在他眼皮子底下搞什麼小動作。

他點點頭：「就這個吧。」

既然要在宿舍裡搞活動，就要問問宿舍其他人要不要參加。

宿舍一共四個人，唯一一個非單身的早就說好了要和女朋友出去過夜，剩下的人除了景辰和曹文博就剩下老白。老白聽說有活動自然很高興，還提議多叫點人，人多了才熱鬧。

接下來就剩下最後一件事待定了，到時候要請哪些人來？

景辰正要說話，對上曹文博的目光後又改變了主意。他差點忘了景鈺和曹文博之間好像有點過節，讓葉涵歌丟下景鈺肯定沒辦法，但現在就說景鈺會來，很可能會讓這次活動的組織者因為怕死直接退出，從而導致活動流產。

他想了想說：「你們定吧。」

於是曹文博和老白嘰嘰咕咕了一陣子，最後決定從實驗室叫幾個來往比較多的同門，當然葉涵歌也在被邀請之列。

「葉師妹那裡，景辰你見到她跟她說一聲吧，剩下的人我來通知，六點之前到就行。那天外賣肯定送得很慢，老白你負責在那之前把外賣叫好，我等等在群組裡傳幾家店，大家看看想吃什麼……」

說完曹文博就去研究外賣菜單了。

❄

第二天，景辰在實驗室遇到葉涵歌後，把平安夜的活動方案告訴了她。

葉涵歌聽完滿心期待：「需要我準備什麼嗎？」

「不用了，妳和景鈺早點到就行。」

葉涵歌點頭應下，但又有點遲疑：「曹師兄那沒什麼意見吧？」

曹文博只會提前得到風聲後跑路，但絕對不會臨時抛下工作，所以比起他，景辰更擔心景鈺。他堂姐是什麼脾氣他太清楚了，可這也的確是個讓他們化干戈為玉帛的好機會。

所以景辰只是說：「曹文博那沒什麼，但我姐那……」

葉涵歌明白景辰的顧慮：「那就先別告訴她曹師兄也會出現，說不定這正好是個讓他們冰釋前嫌的好機會呢。」

提到他姐，景辰就頭疼，他姐要是真的那麼好擺平，那就不是景鈺了，不過也不能讓她一直這麼仇視曹文博。她做的那些事他早聽說了，曹文博看在他的面子上不介意，但是他不能也不當一回事。所以這次的平安夜活動，除了自己有私心，想和葉涵歌一起過節，如果可能，也希望幫兄弟解決了景鈺那個麻煩。

葉涵歌要去上課，景辰要去圖書館，兩人一邊說著話，一邊從實驗大樓裡出來。

此時正趕上哪個教室剛下了課，周圍的學生不少，但葉涵歌還是一眼就從人群中認出了郭婷。

讓她意外的是，一向獨來獨往的女神師姐此時正紆尊降貴地坐在一個男生的自行車後座上。兩人雖然沒有說話，神情也不太親昵，但郭師姐的手始終搭在前面男生的腰上。而且她可以肯定，郭師姐也看到她和景辰了，可又裝作沒看見的樣子，這分明就是心裡有鬼。

意識到這一點，葉涵歌的第一個反應就是去看身邊的景辰。雖然心裡從來不希望他們之間能有什麼結果，但她更不希望看到他傷心，哪怕是因為別的女孩子傷心。

如果可以，她真希望他沒看到郭師姐。只是很可惜，他顯然已經看到了。

感受到了她的注視，景辰從不遠處收回視線看她：「怎麼了？」

葉涵歌搖搖頭，猶豫了一下還是問：「你沒事吧？」

景辰蹙眉：「我該有什麼事嗎？」

見他一頭霧水的模樣，葉涵歌只是在心裡嘆氣。

他這種反應只有兩種可能，一是他覺得這是他的私事，哪怕生氣傷心，也不願意在她這個外人面前表露出來；而另一種可能就是，在他看來，郭師姐和那男生的確沒什麼，因為真正喜歡一個人就是要相信對方、包容對方。

想到這裡，她望向他的目光不由自主地帶著些許憐憫。

景辰眉頭皺得更緊了：「妳那是什麼眼神？」

葉涵歌連忙收回視線，尷尬地擺手：「沒……沒什麼。」

然而再望向人流如織的校園時，她的心裡卻無比孤寂悵然……感情這東西真是玄妙，妳喜歡的人不喜歡妳，可他喜歡的人又不喜歡他。所以說感情中最難能可貴的應該就是，在恰當的時候喜歡上了那個恰巧也悄悄喜歡著自己的人吧。

平安夜如期而至，校園附近的小店鋪各個張燈結綵，儼然已經把這西洋節日當成自己的節日來過了。街道上行人、車輛本就不少，偏偏下午時開始下雪，過往車輛將學校附近的大小街道堵得水泄不通。

葉涵歌和景鈺一邊走一邊慶幸著今天沒有出遠門。

快到景辰宿舍樓下時，葉涵歌看到前面路燈下站著一個人，有點像蔣遠輝。幾天前蔣遠輝還約她一起過節，不過被她找了個理由拒絕了。這時候遇上，葉涵歌以為只是偶遇，還想著最好能不被對方發現，悄悄走過去。誰知道身邊的景鈺已經大大方方地叫了聲對方的名字，還朝對方招了招手。

葉涵歌怒瞪某人，某人渾然未覺。

等蔣遠輝走近，某人還露出個關切的笑容：「等多久了？」

蔣遠輝嘿嘿一笑，話卻是對著葉涵歌說的：「沒等多久，我們快上去吧，這裡風大。」

這話是什麼意思？難道今天晚上景辰也叫了蔣遠輝？

她用眼神詢問景鈺，景鈺壓低聲音說：「景辰也沒說不能多帶個朋友去吧？再說遠輝可是他們宿舍的常客了，應該比我們熟。」

這竟然是景鈺的自作主張，連個招呼也沒打，會不會太失禮了？不過怕蔣遠輝尷尬，她儘量不讓自己表現出什麼。

這時景鈺突然又趴在她耳邊說：「今晚是個好機會，說不定你們就能更進一步了。」

葉涵歌生怕這話被後面的蔣遠輝聽到，一邊捂閨密的嘴，一邊心虛地回頭看他。

也不知道他有沒有聽見，聽見了多少，對上她的視線時，朝她燦爛一笑。

很快三人到了景辰的宿舍門前，裡面傳來隱隱的音樂聲和男男女女的笑鬧聲，看來曹文博請的其他人都已經到了。

葉涵歌深吸一口氣按響了門鈴，很快有人來開門。只是聽腳步聲，葉涵歌就猜到了來人是誰，所以在大門被打開的一剎那，努力展露出一個端莊大方又不失甜美的笑容。

但景辰看到他們之後，臉色卻不怎麼好。葉涵歌一頭霧水，進也不是，退也不是，尷尬地立在原地。

還是蔣遠輝先打破尷尬的氣氛：「好久不見啊，師兄，不介意我今天來蹭個飯吧？」

景辰還沒說話，房間裡的曹文博聽到聲音立刻迎了出來，人還沒走到門前就喊著：「蔣師弟也來了？快進來吧。」然而當他看到門口的三人時，臉上的表情凝滯了一瞬，「哦，景師妹也來了……歡迎歡迎……」

景鈺原本還在看熱鬧，沒想到曹文博也在，這種日子、這種氣氛下，怎麼能有這麼礙眼的人？是誰不知道她和曹文博的恩怨嗎？不對，無論景辰還是葉涵歌都不可能不知道。

她立刻明白過來，這肯定是堂弟和閨密聯手瞞著她的。

想到這裡，她扭頭就要離開，卻被葉涵歌眼疾手快地拉住手臂推進房內。

曹文博雖然不覺得自己有什麼大錯，但後來聽說景鈺竟然是景辰的親堂姐，有了這層關係，這矛盾總要化解，所以一直想著找個機會跟景鈺道個歉，讓她消消氣。眼下見這情形，他也明白了大概，知道這是大家在幫兩人找臺階呢。

見景鈺怒瞪他，他沒話找話：「景師妹平安夜快樂。」

景鈺在原地站了一會兒，最後轉過身來，看樣子是不打算走了。

曹文博剛鬆了口氣，就見景鈺走過來挑釁地拍了拍他的肩膀，語帶笑意地說：「平安夜，要平安才能快樂呀。」

周遭幾人滿臉尷尬。

葉涵歌進了房間掃了一眼在場的人，除了景辰他們宿舍的三人，還有兩個女生，葉涵歌認得那是他們學院的學姐，和景辰同一屆。

讓她意外的是，竟然沒看到郭師姐。

她偷偷拉著曹文博問：「怎麼沒見到郭師姐？」

「哦，她和男朋友單獨出去過節了。」

「男朋友？」

曹文博有點意外：「妳怎麼反應這麼大？」

葉涵歌從震驚中回過神來：「就是沒想到，我記得開學的時候她好像還是單身吧？」

曹文博點頭：「兩人是什麼時候在一起的，我也不清楚，是前不久看到她經常和一個男生在圖書館自習才知道的。」

葉涵歌了然地點頭：「難怪郭師姐不怎麼來實驗室了。」

「是啊，單身狗才天天泡在實驗室呢。」

葉涵歌偷偷瞥了眼不遠處的景辰，難怪他今天的臉色這麼差，大概也是剛知道自己澈底出局了吧。

想到這裡，竟然有點心疼他。

景辰無意間一抬頭，就看到葉涵歌正看著他。兩人視線相觸，她難得地沒像之前那樣立刻避開，反而大大方方地朝他笑了笑。

這是怎麼回事？沒經過他的同意就帶個人來，還是她的頭號愛慕者，現在朝他笑又是什麼意思？耀武揚威嗎？

這時候曹文博請來的女同學之一張羅著：「都別站著了，人到齊了就趕緊洗手開飯吧！」

葉涵歌和景鈺在來的路上，到經常去的一家飯店打包了幾個菜帶過來給大家加菜。這時光顧著說話，那幾個菜還在打包盒裡，沒來得及裝盤上桌。

葉涵歌問身邊張羅著讓大家入席的師姐盤子放在哪，師姐明顯也不是這裡的常客，正要回頭找曹文博，景辰已經率先走了過來。

「跟我來。」

葉涵歌跟過去才注意到，他們宿舍有個很小的廚房。宿舍區不允許用大功率的電器，當然也不會允許學生開火做飯，即便如此，廚房裡還是被打掃得乾乾淨淨，並且儲備著一些速食，也有筷子碗碟，很有生活氣息。

葉涵歌跟著進去，把帶來的外賣餐盒放在流理臺上，一轉身差點撞上身後的人的胸膛。以前只知道景辰很高，但沒覺得他這麼高，此時在這狹窄的空間裡，他的身高讓人覺得非常有壓迫感。尤其是此時正伸手從她頭頂上的櫃子裡拿盤子，幾乎是將她籠罩在了身下。葉涵歌沒地方避讓，但也不能離開，離開就相當於把剩下的工作都丟給他了。

考慮到他今天的心情本來就不好，還是儘量不要惹到他為妙。

他們在廚房裡忙碌的時候，眾人都已經落座，景鈺和蔣遠輝很有默契地在兩人之間留出了個空位給葉涵歌。

因為今天來的人比較多，看得出有些凳子是臨時從其他地方借來的，常年不用的樣子。雖然他們來之前曹文博已經一一擦拭過了，但蔣遠輝還是很貼心地替葉涵歌擦了又擦。

葉涵歌和景辰前後腳從廚房裡出來，發現大家都已落座，正好空出兩個空位，一個是一位師姐旁邊的位子，還有一個是景鈺和蔣遠輝之間的位子。

蔣遠輝擦完凳子抬頭看到她，正要朝她招手，有人已經先一步走過去坐在了他的旁邊。

房間裡靜默了一瞬間，唯有景辰一副沒感覺有什麼不對的模樣，看了看正怒瞪著他的蔣遠輝，又看了看蔣遠輝手上的濕紙巾，淡淡地回覆了兩個字：「謝謝。」

蔣遠輝完全沒想到景辰會這麼卑鄙無恥，想說讓他換個位子，又怕在葉涵歌面前留下個小氣不懂事的印象，只好咬咬牙咽下這口氣。

另一個空座位旁邊的師姐見狀連忙招呼葉涵歌：「快過來坐吧，別站著了。」

葉涵歌朝那師姐笑笑，走過去坐下，再一抬頭，對面坐的正是景辰和蔣遠輝。

蔣遠輝朝她投來一個無奈又委屈的表情，葉涵歌正想回應一下，就見景辰忽然抬起頭來，眼風冷冷掃向她，她馬上低頭，乖乖吃飯。

所幸有曹文博和老白，今天來的兩位師姐和他們也都是同學，所以非常熟悉，大家很快就熱絡地聊了起來。景鈺和兩位師姐還有老白也很投緣，唯獨不跟曹文博說話，任憑曹文博怎麼主動示好都沒用，漸漸地大家都習慣了，也不覺得有多尷尬。

蔣遠輝人帥嘴甜，開飯前的小插曲一過，很快就和除了景辰以外的眾人熟稔了起來。兩位師姐聽說他手機遊戲打得不錯，甚至約了晚飯後來兩局。

曹文博提醒眾人：「遊戲最多打兩局啊，休息一下就要準備狼人殺了！」

蔣遠輝滿口應下：「帶師姐們上分來日方長，今天就打兩局。」

曹文博點點頭，猶豫了一下又看向景鈺：「景師妹也會打吧？其實我打得也不錯，不如我們五個一起玩吧？」

另外兩位師姐還有蔣遠輝都說好，景鈺見大家興致這麼高，也不好再拒絕：「不過我脾氣不好，要是有人太蠢，我怕我會忍不住罵人的。」說完又朝對面的兩位師姐甜甜一笑，「當然長得漂亮的除外。」

兩位師姐早看出來她這是故意針對曹文博，嘻嘻一笑都沒說什麼。

曹文博尷尬地笑：「其實我打得還可以。」

飯後收拾餐桌準備後續活動時，葉涵歌才注意到他們提前準備好的飲料都喝完了，零食也所剩無幾，便提議出去再買一點，蔣遠輝想跟著去，但遊戲已經在排隊狀態中，想找老白來幫他，老白看了眼景辰，笑了笑說：「我技術不行，長得又醜，挨罵倒是不怕，但怕景師妹白白生氣。」

其他人聞言都笑著罵他。

蔣遠輝又看向景辰，只看了一眼，就放棄了求助的想法。

他勸葉涵歌：「妳等我一下，我打完這局陪妳去。」

葉涵歌穿上外套走向門口：「不用了，現在又不晚，我一個人去就行。」

蔣遠輝沒辦法只好說：「那妳讓白哥陪妳去吧。」

葉涵歌腳步頓了頓，飲料本來就不輕，而且還要買這麼多人喝的，她也有點擔心自己會拿不了，她跟白師兄不算熟悉，猶猶豫豫地看向白師兄，卻發現他在看景辰。

景辰一聲不吭地走進房間，片刻後穿了羽絨服出來，走到她身邊淡淡說了句：「老白要洗碗，我陪妳去。」

老白連聲附和：「對對對，這麼多碗呢，都讓我一人洗！你們這群沒良心的！」

蔣遠輝此時已經恨透了自己，早知道會在不經意間幫情敵和喜歡的人創造單獨相處的機會，剛才吃飯時說什麼也不會說自己遊戲打得好了。但是眼下也不能得罪其他師姐，只好憤憤不平地看著景辰和葉涵歌一前一後地出了門。

下了大半天的雪不知道什麼時候停了。

天氣預報上說，今天這場雪是金寧市近十年來最大的一場，而今年冬天的氣溫也刷新了以往的低溫紀錄。厚厚的雪久久不化，被過往的車子、行人碾過，變成一層結結實實的冰雪混合物，緊緊貼著地表。

葉涵歌今天穿了雙高跟皮靴，一路走得小心翼翼，以至於沒多久就落後了景辰幾公尺遠。怕他等得不耐煩，她努力加快腳步，所幸景辰走得也不算快，始終與她保持著不遠不近的距離。

還好超市不算遠，沒多久就到了。

景辰進門時熟門熟路地拿了個購物籃，葉涵歌見狀就沒再拿，跟著他往超市裡面走。

這樣的日子，超市反而是最冷清的，兩人肩並肩站在貨架前挑選著飲料和零食。

葉涵歌問景辰：「景師兄你想喝什麼？茶還是果汁，或者碳酸飲料？」

「妳喜歡喝什麼就拿什麼吧。」

他邊說邊從貨架上拿了十幾瓶酒放進了購物籃。

葉涵歌看了一下，他拿的那種酒雖然度數不高，但是喝多了照樣可以喝醉，上次在KTV發酒瘋全歸功於那種酒。她想勸兩句，轉念又想到他大概是失戀以後心情不好，而且今天又得知郭師姐和男朋友出去過節了，心情肯定更加鬱悶，於是也就沒說什麼。

從超市裡出來時，兩人一人拎著一袋東西，重的全在景辰拎著的那個購物袋中，葉涵歌手上的只是一些輕巧的零食。

不知道從什麼時候開始，天上又飄起了雪花，而且還越來越大，將黑色的天幕點綴出幾分肅穆之感。

新落下的雪花薄薄一層蓋在已經夯實的冰雪路面上，更加難走了。

葉涵歌走得小心翼翼，一抬頭發現景辰一步一步看似步伐不快，卻因為人高腿長，速度比她快了不少，此時已經走出去很遠。

追了一會兒沒追上，還險些滑了一跤，頓時有點沮喪。

她索性停下來，看著漫天大雪中背影，恍然發現他是那麼的落寞孤寂。她的心突然疼痛起來，他為什麼要喜歡別人呢？喜歡一個不喜歡自己的人。如果他喜歡的人是自己該多好，她一定不會讓他這麼難過。

或許可以努力讓他喜歡上自己……

這個念頭一出，葉涵歌豁然開朗，心情也沒那麼沮喪了，連帶著看這漫天大雪都覺得美不勝收。

她低著頭，小心翼翼地看著腳下的路往前走。這段路追不上又怕什麼，反正他們要去同一個地方，有個詞叫「殊途同歸」，最終他們還是會遇上。

景辰才注意到跟在身後的人好像跟丟了，停下腳步回頭看，隔著兜頭而下的雪花，他看到那纖弱的身影正如履薄冰地往他這方向走來。

他只是不痛快，期待了好幾天的聚會，蔣遠輝那傢伙的突然出現讓他頓時沒了興致。他也不是沒想過蔣遠輝會跟著來，氣就氣在她沒先打過招呼，在其他人面前把蔣遠輝當成她的人帶了過來。心裡難受、委屈，有一種自家白菜被豬拱了的感覺，一不小心還遷怒於她，不想跟她說話，不想看她無辜的眼神，卻也卑劣無恥地不想錯過任何一個可以與她獨處的機會。

他們不是還沒在一起嗎？不然怎麼不公開關係？所以只要還有最後的機會，他也要替自己爭取一下。

葉涵歌走了一段路，突然感受到一道視線正落在自己身上。循著感覺看過去，景辰不知道什麼時候停了下來，正在前面不遠處默默注視著她，等著她。這讓她突然想起了幾年前，他送她回家的那個夜晚，兩人道別後，他依舊站著不動，就那麼在夜色中注視著，久久沒有離去。以至於那個年輕卻足夠挺拔的身影，成了夜深人靜時最能撥動她心弦的手，讓她心心念念，經年不忘。

好不容易走到了他面前，他卻始終站著沒動。

葉涵歌不明所以地抬頭看他，他突然伸出一隻手：「這段路滑，到前面妳再自己走。」

心跳突然亂了，葉涵歌知道不能拒絕也不想拒絕，但是坦然接受又太曖昧了。手牽手啊，這是情侶才會做的事，他們算什麼呢？

可是看到自己手上的手套，她立刻就替自己找到了一個冠冕堂皇的理由——她戴了手套，也不算牽手。

將自己的手搭在那白皙修長的手上時，她才驚覺，他的手竟然這麼涼。不由得後悔自己剛才的遲疑，讓他的手在冷風中吹了那麼久。

景辰也不知道自己怎麼就提出了要牽她的手，如果她對自己一點意思都沒有，多半會覺得尷尬吧。多虧了今天的這場雪，也多虧了路夠滑，他為自己找了個像樣的藉口。

可她還是猶豫了。

就在她不知所措，有些彷徨的時候，他的手已經凍僵了，連帶著心也是僵硬麻木的，直到那小巧纖細的手輕輕搭在了自己的手掌中。

他如獲至寶地將之緊緊握牢，哪怕只能握上片刻。

兩人就這麼手牽著手、肩並著肩地走著，如果可以，他真的不想帶她回去，或者，哪怕回去的路再長一點也好。但怕她尷尬，走過了最難走的那一段路，還是強迫自己鬆開了手。

葉涵歌始終沒有抬頭看他，雖然在他鬆手的一剎那，心裡有一閃而過的失落，但更多的還是久久不能平復的歡喜。

接下來的這段路走得很輕鬆，她也不覺得冷了，直到回到他的宿舍，心裡還是暖融融的。

見兩人進門，蔣遠輝連忙迎上來接過葉涵歌手裡的零食，還不忘埋怨幾句：「買個東西怎麼去那麼久？我差一點就要下去找妳了。」

他的話音剛落，就傳來身邊兩位師姐的嗤笑聲。

葉涵歌有點尷尬，顧左右而言他：「外面又下雪了。」

眾人的注意力這才被室外的漫天大雪吸引過去。

趁著別人不注意，她偷偷抬眼去看景辰，卻見他也正看向自己。不過不知道是不是錯覺，總覺得他的心情似乎好了一些，看向她的目光也沒有剛才那麼冷冽了。或許是其樂融融的氣氛，沖淡了失戀帶給他的痛苦吧。

眾人看了一會兒雪，很快又有人開始張羅著接下來的狼人殺。

葉涵歌對狼人殺的遊戲規則不熟悉，又因為今晚莫名其妙的牽手有點心緒不寧。遊戲開始很久後，還是有點心不在焉的，直到聽到景辰的聲音——輪到他發言了。

「我是預言家，驗過七號（葉涵歌），是普通村民。透過剛才幾位的發言，我懷疑狼人就在三號（蔣遠輝）和四號（景鈺）之間，四號的可能性更大一點，建議大家等等把票投給她……」

很快輪到葉涵歌發言了，她看了眼剛才被景辰提到的幾人，除了她自己滿心茫然，蔣遠輝和景鈺一個表情不屑，一個憤憤不平。

她偷偷瞄了一眼自己手上的身分牌，確實就如景辰說的那樣，是個普通村民，於是也沒多想，順著景辰說：「我相信六號（景辰），考慮到四號剛才發言時邏輯漏洞比較大，建議投四號……」

此時景鈺的表情已經不只能用憤怒來形容了，還摻雜著些許怒其不爭和無可奈何。葉涵歌不敢看閨密，也許景鈺並不是狼，他們的判斷有誤，但她還是堅信景辰是好人。

接下來的幾輪，情況差不多。

結果竟然出乎葉涵歌的意料，所謂的預言家景辰，才是一匹不折不扣的狼，而葉涵歌這個愚蠢無恥的普通村民，竟然跟著一匹狼投死了所有的平民，導致好人輸了，狼人贏了。

遊戲結束，景鈺痛心疾首地指著景辰質問葉涵歌：「怎麼他說什麼妳都信？」

葉涵歌尷尬地去看景辰，此時他心情不錯，正眼含笑意地看著她，跟著反問道：「是啊，怎麼我說什麼妳都信？」

葉涵歌只覺得那笑容太刺眼，讓她更加緊張：「我第一次玩，也不懂。」

蔣遠輝聽了幽幽來了句：「這事不能怪葉涵歌，要怪就怪某些人平時看起來老實正經的，說起謊來卻是臉不紅心不跳，把真正的老實人騙得團團轉。」

任誰都聽得出來，這分明是在暗指景辰看似老實，其實並不老實。

葉涵歌更尷尬了，所幸景辰沒有計較，垂眼收著桌上的身分牌。

葉涵歌連忙湊過去幫忙，沒注意到她右手邊還掉落了一張牌。坐在她左側的景辰看到了，探身去拿。一瞬間，他離她那麼近，近到他的呼吸都能觸碰到她的面頰。而就在那一刻，他似乎說了什麼。

她不明所以地回過頭看他：「你剛才說什麼？太吵了沒聽見。」

他卻只是低著頭把手裡的牌攏好，沒再回答她。

很快進入下一局，考慮到上一局裡葉涵歌在景辰之後發言完全被他帶偏了，這局在景鈺的強烈要求下，景辰和葉涵歌換了個位子，所以葉涵歌先發言。

這一局葉涵歌的身分是預言家，吸取上一局的教訓，這局她特別低調保守，想著假裝普通村名蒙混過關，也就沒做什麼有重要資訊的發言。

等輪到景辰時，他卻只是對著葉涵歌說：「我剛才說的話是真的，妳是預言家的話，來驗驗我吧，我是好人。」

眾人一頭霧水，在這之前他還說什麼了嗎？只有葉涵歌有點不太確定，難道他指的是遊戲開局前，他在她耳邊說的那句話？可是他說了什麼，她根本沒聽見啊。

見葉涵歌也一臉困惑，眾人只當這大概又是某個角色的新套路，也就沒太當一回事。

而事實上，正如景辰猜的那樣，葉涵歌確實是預言家，而葉涵歌也真驗了景辰，如他所說，他這一局確實是村民。這一次葉涵歌終於一雪前恥，讓村民贏了一局。

第四章　聖誕禮物

一直玩到將近十一點，眾人才依依不捨地散了。蔣遠輝和曹文博先後提出要送女生回宿舍，都被幾個女生拒絕了。

此時的雪已經停了，地面上厚厚一層，踩上去咯吱咯吱地響。

葉涵歌和景鈺手挽著手充當彼此的助力，緩緩往宿舍走去。

景鈺還在分析剛才那局遊戲中眾人的表現，葉涵歌的神思卻又飄到了景辰向她伸出手的那一瞬間。

景鈺口乾舌燥地說了半天，沒得到半點回應，回頭看閨密在發呆，便扯了扯她的手臂：「在想什麼呢？」

葉涵歌這才回過神來，注意到景鈺臉上的笑容。她突然意識到一個問題，景鈺此時的心情似乎不錯，而且回想剛才玩遊戲時，她好像也沒對曹文博陰陽怪氣的，遇到兩人需要互動的時候，她的臉上依舊端著「不情願」，但還是有互動。

「妳原諒曹師兄了？」

提到曹文博，景鈺撇撇嘴，冷哼一聲：「還沒有呢！那傻子……」

後面的話景鈺沒說，但以葉涵歌對她的瞭解，只要曹文博再遞個臺階過來，他們過往的恩怨也就一筆勾銷了。

兩人今晚談興都很濃，從景辰的宿舍一直聊到自己的宿舍，上了床都還沒有睡意。

葉涵歌猶豫著問景鈺：「妳說男生會喜歡什麼樣的女生？」

這問題無意中包含了很多資訊，景鈺立刻有了精神：「這是看上誰了？」

葉涵歌含糊著回答：「沒有。」

景鈺觀察著她的神情，片刻後有點意興闌珊：「還是妳那位呀？怎麼，決定不坐以待斃，準備採取行動了？」

葉涵歌想了一下說：「他失戀了。」

「難怪妳突然想通了……」景鈺皺眉思索著，「到底是誰啊？給個提示唄！」

不出所料，葉涵歌沒有回答她。

景鈺只好退而求其次地說：「那妳說說他是個什麼樣的人，我才能幫妳分析他喜歡什麼樣的類型呀！」

葉涵歌沉默了片刻說：「成熟穩重、成績好、能力強，好像什麼事情對他來說都不是難事。」

「這評價怎麼這麼耳熟？」

不過她可以確定，她的周圍絕對沒有這麼一個剛剛失戀的人。

想了半天沒有結果，她也不由得懷疑這個人並不是她認識的人。

於是打消了八卦的念頭，就事論事地幫閨密分析起來：「這人如果真的像妳說的這樣，那他從小到大一定是備受矚目的，老師喜歡，同學仰慕，時間長了就漸漸習慣了被追捧、被服從，所以這種男生成年以後，多多少少會有點獨斷、自大，漸漸發展成『直男癌』……」

景鈺話沒說完，葉涵歌已經有點困惑了，她們討論的是同一個人嗎？景鈺的那些話前面說得還挺有道理，怎麼後面就越來越離譜了？

景鈺渾然未覺有什麼不對，自顧自地繼續分析著：「『直男癌』喜歡什麼類型的女生？柔弱的，漂亮但又不是太漂亮的，最重要的是能仰望他們，依賴他們，讓他們作為男人的自尊心能得到充分滿足——甭管這女孩子私底下是什麼模樣，反正在他們面前必須是柔弱的、知書達理的。可是妳想想，能把妳說的這種男生吃得死死的女生，會真只是個溫柔軟弱的普通小姑娘嗎？她肯定很懂怎麼掌控男生的情緒，所以這種女生是什麼？」

景鈺口若懸河、酣暢淋漓的同時還不忘跟唯一的聽眾互動一下。

葉涵歌怔了怔，問：「是什麼？」

「這不就是『綠茶』嗎！」

葉涵歌不說話了。

郭師姐有了男朋友，景辰從過去那段感情中走出來是遲早的事情，這的確是她展開攻勢，為自己這麼多年的癡望放手一搏的大好時機，即便如此，她也沒有心理準備做一瓶「綠茶」啊。

葉涵歌問：「這種男生不會喜歡上別的類型的女生嗎？」

問出這話時，她立刻想到了郭婷──郭師姐雖然有點冷，但絕對不是景鈺口中的「綠茶」。她很快又洩了氣，郭婷那種女神級別的女生，別人肯定是比不了的。

景鈺說：「做個『綠茶』不難，回頭我為妳量身定制一套《綠茶寶典》，保證妳三個月內拿下那男神。」

葉涵歌打了個哈欠翻了個身：「妳還是省省吧，先考慮一下怎麼把期末考糊弄過去吧。」

睡覺前，葉涵歌又看了眼手機，破天荒地，景辰竟然發了新動態，但只有短短幾個字：『聖誕快樂。』

她也很想回覆「聖誕快樂」，一想到曹師兄和景鈺都能看到，尤其是景鈺，怕她多想，於是只在那則動態下點了個讚。

早在十二月中旬時，各門課的老師就已經停了課，元旦過後要正式進入考試週了，所以這段時間是大家的期末衝刺時間。

葉涵歌和景鈺由於平安夜睡得比較晚，第二天快到中午時才起床，兩人商量著去東門外一家米粉店解決午餐。

吃飯時，景鈺突然說：「昨天只顧著玩了，都忘了正經事。」

「什麼正經事？」葉涵歌一邊滑著手機，一邊隨口問道。

「景辰說他那裡有以前師兄留下來的重點筆記，雖然他沒用過，但是據說這幾年那幾門課的期末試題沒怎麼變過，差不多都是從那些重點裡出的。昨天說好讓我帶回來，給我們複習用，結果走的時候忘了，要不然吃完飯再去趟實驗室？」

葉涵歌手上一頓，正好滑到了景辰早上七點發的動態，依舊簡短得只有一句話：『網路創新基地一日遊。』

而配圖照片明顯是校園班車出發點附近的小草坪。

聽到景鈺的提議，她抬起頭來：「他今天應該不在實驗室。」

景鈺有點意外：「妳怎麼知道的？」

葉涵歌拿著手機在她面前晃了一下：「他去創新基地了。」

景鈺不信邪，打了個電話過去，果然景辰說要晚上才能回來。

景鈺悶悶不樂：「那今天白天複習什麼呀？」

葉涵歌抽了張面紙擦嘴：「我也總結了一些重點筆記，可能沒有師兄的全面，但勉強應付一天應該沒問題，妳先看著，回頭拿到師兄的筆記再查缺補漏唄。」

景鈺點點頭：「學霸就是厲害，人手一份重點寶典。」

兩人吃了飯往圖書館去，因為來得不算早，閱覽室裡找不到兩人一起的位子，只好一個在東，一個在西，遙遙相望。

圖書館裡暖氣開得很足，景鈺沒看一會兒書就覺得有點昏昏欲睡了。

她索性翻出手機來玩，突然想到剛才葉涵歌給她看的那則動態。景辰明顯是個不喜歡發動態的人，難道出國兩年有所改變了？一邊思考一邊快速瀏覽著自己的社群，都翻到昨天的貼文了，也沒找到景辰的。難道刪了？

就在這時，她的手機突然震動了一下。點開訊息，一個叫「will」的人傳了個笑臉表情。

這年頭誰還會用這種方式跟人打招呼啊？

景鈺在腦中仔細搜索著這個 will 是誰，片刻後腦海中浮現出昨晚他們的遊戲進行到一半，有個傢伙戰戰兢兢地過來要跟她加好友的情形。

曹文博嗎？

『景師妹，昨天人太多，也沒機會跟妳當面道歉。之前是我不對，不該說那樣的話讓妳難堪，我已經知道自己的錯是什麼了，時間也過去這麼久了，妳可不可以原諒我？』

果然是他！

經過昨天一個晚上，她也看出來了，曹文博這人不壞，還有點憨，上次考試她做得確實有點過了。他不來道歉，她的心裡也已經原諒他了，但是就這麼回個『好吧，我原諒你了』，又顯得太好說話了，不是她的風格。

正猶豫著要不要回覆，突然想到一招，直接複製了一段自動回覆回了過去。

『【自動回覆】您好，我現在有事不在，等等再和您聯繫。』

片刻後曹文博回訊息：『別玩了，師妹，軟體哪來的自動回覆？何況這自動回覆也不是立刻就回過來的，妳還是不想理我嗎？』

景鈺嗤笑，這傢伙倒是難得聰明一次，但她還是又複製了自動回覆傳過去，而且接下來不管曹文博傳什麼，都是一模一樣的舉動。

曹文博終於從最初堅信景鈺在逗他玩，變得有點半信半疑了：『難道真的是自動回覆？什麼時候出了這個功能的？』

景鈺快要笑翻了。

『如果妳已經原諒我了，請妳回覆：「【自動回覆】您好，我現在有事不在，等等再和您聯繫。」』

景鈺在短暫遲疑後，還是原樣傳過去。

『太好了！如果妳覺得我們昨天相處得不錯，請妳回覆：「【自動回覆】您好，我現在有事不在，等等再和您聯繫。」』

景鈺暗笑傻子也有跟她耍心機的時候，但沒有猶豫，照舊傳了同樣的內容。

對面安靜了好一陣子，景鈺能看到一直是「對方正在輸入」的狀態。她突然有點期待，他到底會說什麼。

片刻後，曹文博說：『雖然妳已經原諒我了，但是我還是想請妳吃個飯表達一下我的歉意，如果妳同意，請妳回覆：「【自動回覆】您好，我現在有事不在，等等再和您聯繫。」』

這是要單獨約她出去？以她的戀愛腦，絕對不會把這個約會當成賠罪吃飯。可也不知道為什麼，她並不反感，反而有點激動。

她傳了個問號過去。

『景師妹妳回來了？』

『從哪裡回來？我一直都在。』

又是一段長時間的「對方正在輸入」，好一會兒，曹文博回：『我查了一下，軟體確實還沒有自動回覆的功能，所以剛才一直是妳在逗我玩嗎？』

景鈺想笑：『你不是玩得挺開心嗎？』

『是啊，妳原諒我了，我當然開心。』

景鈺暗笑這人也不是真的傻，順手回了個酷酷的貼圖給他。

『那妳今晚有時間嗎？』

『吃什麼？』

『我都行，聽妳的。哦，對了，聽景辰說妳喜歡吃咖哩蟹，那我們去吃泰國菜好嗎？』

景鈺的手指在手機上摩挲了片刻，她想，看在咖哩蟹的分上，她就去吧。

『好吧。』她回。

葉涵歌去洗手間時正好從景鈺身邊路過，見她抱著手機一個人在那傻笑，葉涵歌有點好奇，湊過去問：「傻笑什麼呢？」

景鈺被葉涵歌的突然出現嚇了一跳，反射性地把手機扣在桌子上：「妳嚇死我了！」

「是妳太專注了！」

「哦，對了，晚上不跟妳一起吃飯了啊。」

總有男生約景鈺一起吃飯，葉涵歌早就習慣了，再看她剛才那緊張兮兮的樣子，只當又是哪個還不能見光的曖昧者，於是也沒多問。

景鈺沒在圖書館待太久，早早收拾了東西回宿舍準備約會了。

景鈺離開後，葉涵歌望著外面灰濛濛的天空長嘆一聲。今天可是聖誕節，出去過節的人不比昨天少。景鈺這時候去約會，看樣子離再度脫單也不遠了。以前葉涵歌不覺得這有什麼，可是如今對比自己的形單影隻，突然意識到，有時候別人的熱鬧還是會影響自己的。

她突然很想念景辰，想知道此刻的他在做什麼。

像是知道了她內心的想法，桌上的手機在這個時候震動了兩下。

葉涵歌拿起來看了一眼，頓時來了精神，是景辰，問她在幹嘛。

不知道是誰說的，男女之間的「在幹嘛」幾乎等於「我想你」。

葉涵歌捧著手機，一時不知道該怎麼回覆。

就在她猶豫的時候，景辰又傳了訊息過來：『和景鈺在一起嗎？』

原來是聯繫不到景鈺的行蹤來打聽的。

葉涵歌有點失望。

很快，她回覆：『剛才一起在圖書館的，不過現在景鈺應該回宿舍了，你聯繫不到她嗎？』

景辰沒有回答她的問題，而是問她：『晚上有空嗎？』

葉涵歌有一瞬間的恍惚，很快，她明白了，這可能也是在問景鈺。

果然沒等她回答，對方又說：『我想把重點筆記給景鈺，妳們晚上還在圖書館嗎？』

『景鈺晚上有約會，回來得不會太早，我在圖書館，要不然你把筆記給我吧。』

片刻後景辰回：『好的，我到圖書館樓下時叫妳，可能會晚一點。』

『好的，沒問題。』

曹文博悄悄從景辰的手機螢幕上收回視線，忍了一會兒，還是沒忍住。

他問景辰：「我剛才打電話的時候景鈺已經從圖書館裡出來了，你不是都聽見了嗎？怎麼還專門去問葉師妹？而且你那筆記什麼時候給不行，怎麼偏要今天晚上？景鈺今晚又用不到。」

景辰涼涼地看他：「你眼睛挺好啊。」

曹文博不覺得有什麼不對，嘿嘿一笑，很謙虛地說：「還行還行！哦，對了，你晚上有事嗎？」

「沒什麼事。」回答完，景辰沒好氣地看他，「怎麼你今天問題這麼多？」

曹文博聳聳肩：「不是我今天問題多，是你今天太奇怪了。」

說完他看向車窗外。

今天進市區的路況雖然沒有平時好，但還算不上塞車，開過幾個行駛緩慢的路段，車子的行駛速度都還算正常，這麼算下來，兩人到學校最晚也才五點鐘。

曹文博回頭看看景辰，忍了又忍，最後還是把剛才就想問的問題問出了口：「我們用不了多久就到學校了，你晚上既然沒事，怎麼跟葉師妹說你很晚才能到啊？」

果然這問題一問出來，景辰的臉色就更不好看了。

曹文博立刻說：「算了算了，你可以不回答的！」見景辰這才臉色好轉，小聲嘀咕了一句，「你們姐弟倆我誰也惹不起。」

景辰聽見了，卻只是苦笑。

誰又能想得到，在曹文博看來他一連串反常的舉動，無非只是卑微的試探罷了。

他怎麼會不知道「在幹嘛」幾個字有多曖昧，他早就想這樣跟她曖昧不清地聊天，可是又怕被看出心思，從而疏遠他。這次打著找景鈺的幌子傳訊息給她時他就想好了，如果她遲疑、躊躇，不知道怎麼回答，他就說他其實要找景鈺。如果她很自然地回覆他，那麼兩人可能就隨便聊點別的。

「在幹嘛」三個字發出去後，那幾秒鐘的「對方正在輸入」的字樣對他來說簡直就是煎熬。他該明瞭她的心意了，可是他還是不死心，所以接著試探她，問她晚上有沒有空。葉涵歌沒有很高興地回答有，可能是激動得不知道該如何回答，也可能只是在想著拒絕的措辭，所以他不能給她任何拒絕的機會。

很久以後，景辰想起這天的事情只是無奈一笑。少年人的愛或許都是這樣，卑微如塵，卻也脆弱得經不起任何挫折，哪怕這挫折只是對方一個不夠熱情的笑容。

這天是聖誕節，雖然昨天才剛剛見過，但是不妨礙他今天依舊想她。更何況周遭的熱鬧氣氛也讓他沒辦法像平時那般沉得住氣，連曹文博都能找到他姐陪著一起吃晚飯，他憑什麼見不到她？

想見面，更想跟她待在一起。

這樣的日子，約晚飯有點目的不純，那就送她回宿舍吧。

葉涵歌生怕景辰回來找自己時，自己不在圖書館，所以晚上只是在附近的學餐匆匆吃點飯就立刻返回了圖書館。

今天這樣的日子，圖書館裡的人比平時少了一半，尤其是晚上，平時一座難求，現在整張桌子都被葉涵歌一人霸占著。

起初葉涵歌每看一陣子書就會看一眼手機，就怕因為自己的設定問題，沒留意到景辰的訊息或者電話。這樣幾次之後，她終於放棄了，想到景辰說會回來得很晚，又釋然了，決定安心看書。

再一抬頭時，才發現都快閉館了。

景辰的訊息也在這個時候傳了過來。

『看完了嗎？』

她立刻抬起頭，四處看了看，哪裡有他的影子？可能只是他回來得太晚了，想確認她還在不在圖書館吧。

她想了一下回說：『差不多了，你到哪裡了？』

『下樓吧。』

葉涵歌回了個『好』，立刻開始收拾書包。

一樓休息區的景辰動了動有點僵硬的脖子，起身將兩個小時前借出來的一本《空戰先鋒》送到了還書處。

這個時間忙著收還書的是個勤工儉學的女學生，從剛才景辰來借書時，她就注意到他了。以為在這種日子躲在圖書館裡看書的必定是單身，所以悄悄記下了他的名字和學號，本來是想著過些天等他還書的時候一定要和他說上話，可沒想到他看書這麼快，兩個小時就把這本書看完了，給了她今天第二次和他說話的機會。

然而就在這時，她看到男生剛才還散漫沒有聚焦的視線突然凝固在了某一點，然後那一整晚幾乎沒什麼表情的帥臉上竟然露出個類似於笑的表情來。她猜他一定很少笑，所以即便只是個含蓄到不能再含蓄的笑容，也讓她覺得窗外的寒風都溫暖了起來。

只可惜，當她順著他的視線看過去時，看到一個漂亮文靜的女孩子正從二樓閱覽室下來。有點失望，但也覺得合情合理，這樣的帥哥憑什麼單身？果然那女孩一下來，兩人便一起離開了圖書館。

此時正是圖書館閉館前，很多人都是差不多這時候離開，所以一樓大廳裡的人並不少，但不管在什麼嘈雜的環境，景辰總有種遺世獨立的感覺，所以葉涵歌總是能一眼就從人群中找到他的身影。

葉涵歌快步朝景辰走過去，他也正好回頭，看到她後，朝她走來。

「來很久了嗎？」

「沒有，正好過來還本書。」

葉涵歌點點頭沒有說話，看到他拎著個紙袋，料想筆記應該就在那裡，但她有私心，打定了主意，如果他不提筆記的事情，自己也不提，因為拿到筆記，就再沒理由留他了。她想跟他多待一會兒，在今天這樣的日子裡。

所幸景辰也沒提這事，說了聲「走吧」，率先往圖書館外走去。

他沒說要去哪，她也不想問，就跟著他走。這種沉默中的默契，恐怕要讓旁人誤以為這兩人已經這樣經歷過很多次了。但是葉涵歌知道，這是她給自己營造出的又一個假像。

走了一會兒，她才隱約猜到，他應該是要送她回宿舍，當然也可能是和景鈺聯繫過了，要去找景鈺。

想到這裡，心情不由得低落下來，之前見到他時的喜悅也少了一半。前面的人在這時候停下腳步，像是在等她。

她立刻快走幾步追上景辰，他才又開始往前走，不過這一次似乎刻意放慢了速度。

葉涵歌努力尋找著話題：「你今天去創新基地了。」

景辰「嗯」了一聲：「我們和一家公司有技術合作，今天這家公司去創新基地做宣導演講，老闆叫我過去幫忙的。」

「是招聘演講嗎？還沒過年呢，太早了吧。」

「不全是，也是宣傳公司的技術。」

葉涵歌點點頭：「這樣啊……」

片刻後，景辰問她：「妳今天一整天都在圖書館？」

「是啊，快考試了。」

他看她一眼：「沒人約妳出去過節嗎？」

蔣遠輝那傢伙是約過她，但昨天才見過，而且就算昨天沒見面，她也不想單獨赴他的約，自然是找了藉口推掉了。此時聽景辰問，也只當他是參考景鈺的安排隨口問的，於是故意做出滿不在乎的樣子說：「過什麼節呀，不就是個普通的星期三嗎！」

景辰似笑非笑：「那就是也沒收到禮物了？」

葉涵歌有點洩氣：「景鈺早上送我一個蘋果，這算不算？」

景辰點點頭：「也算吧。」

圖書館離文昌苑不算遠，兩人走了一刻鐘，前面就是葉涵歌住的那棟宿舍了，因為過節，此時樓門口的情侶都比往日裡多幾對，難捨難分地牽手或抱在一起說話。

景辰停下了腳步，葉涵歌注意到了，也跟著停了下來。

他把手上的紙袋遞給她：「這就當聖誕禮物吧。」

葉涵歌怔了一下接了過來，以為袋子裡有書會很重，沒想到竟然輕飄飄的。她低頭去看袋子裡的東西，在稀薄的月光下依稀可以看到是一個藍色的小盒子，上面還有一個看不太清楚的標誌。

「這是什麼？」她問道。

他沒有看她，狀似隨意地回道：「公司送的禮品，我拿到才注意到是女孩子用的東西，送給妳了。」

雖然是借花獻佛，但只要他想，明明有很多女孩子可以送，卻偏偏送給她了，不是景鈺也不是某位師姐，而是她。更何況這是他第一次送禮物給她，別說是人家送的正經禮品，哪怕只是個紀念品，都會被她視為珍寶。

「謝謝。」她低著頭假裝去看袋子裡的東西，生怕表情洩露了自己的雀躍。

其實很想現在就拆開看看是什麼，但是又覺得這樣很不禮貌，不過她很快又意識到一個問題，這裡面既然沒有筆記，那筆記放在哪了？

想到這裡，她抬頭問景辰：「對了，筆記呢？」

「忘記帶了。」

話雖然是這麼說的，但是他的神情中沒有一絲一毫的慌亂，倒像是本就是如此。

葉涵歌有點遲疑：「那……」

景辰直接打斷她：「明天吧，明天妳們什麼時候在圖書館？我路過時送過去。」

從他的宿舍去實驗室的確會路過圖書館，葉涵歌也沒多想：「應該整天都在，你什麼時候方便打個電話就行。」

說完想起景鈺那三天打魚兩天曬網的性子，明天在哪還不確定，於是又補充了一句：

「要是找不到景鈺，找我也行。」

景辰等的就是這句話，點點頭對她說：「回去吧。」

雖然只是簡簡單單的三個字，在這瑟瑟寒風中，葉涵歌卻聽得心裡暖融融的。

道了別，她轉身正要走，忽然又想到什麼，停下腳步：「哦，對了，聖誕快樂。」

景辰也說：「聖誕快樂。」

她走得很慢，因為知道有人在身後看著她，或許只是他的好涵養使然，要目送女生安全離開自己才會離開。但是，就是落在她背部的那點目光，雖然沒有重量，多年前卻穿過她的皮膚、骨骼，觸動她的心。而這多年後，那目光依然像一簇火把，在這寒冷的冬夜，給她溫暖和對明天的渴望。

等葉涵歌進了宿舍，確定景辰看不見了，她再也沒有了剛才從容不迫的淡定，以平生最快的速度衝上樓，打開房門，怕他察覺出端倪，還特地沒有開燈。

她衝到窗前悄悄朝下看去，原本估算著以自己的速度，恐怕只能看到個他離開的背影，但這樣也滿足了，沒想到他竟然還沒走，非但沒走，依舊跟她離開時一樣，像棵生了根的樹似的，就那麼佇立在夜色中，望著她離開的方向。

有那麼一瞬間，她幾乎就要以為，他對自己也是有感情的，直到他突然挪動腳步，身子側過一個角度，她才看清楚，原來他是在打電話。這個認知像一盆冰冷的水一樣，霎時間將她剛剛燃起的小悸動盡數澆滅。

不過轉身看到桌上的那袋禮物時，心情又稍稍好轉了一些。

同時她也嘆息人就是這麼不知足，葉涵歌雖然喜歡景辰很久了，但是以往一年也說不上幾句話。比起過往，如今他們之間的關係可以說是突飛猛進。果然追著他考來D大是明智之舉，不枉費她高中那兩年沒日沒夜的發奮苦讀！

——未完待續——

高寶書版集團
gobooks.com.tw

YH 060
喜歡你暗戀我的樣子（上）

作　　者　烏雲冉冉
責任編輯　吳培禎
封面設計　鄭婷之
內頁排版　賴姵均
企　　劃　何嘉雯

發 行 人　朱凱蕾
出　　版　英屬維京群島商高寶國際有限公司台灣分公司
Global Group Holdings, Ltd.
地　　址　台北市內湖區洲子街88號3樓
網　　址　gobooks.com.tw
電　　話　(02) 27992788
電　　郵　readers@gobooks.com.tw（讀者服務部）
傳　　真　出版部(02) 27990909　行銷部 (02) 27993088
郵政劃撥　19394552
戶　　名　英屬維京群島商高寶國際有限公司台灣分公司
發　　行　英屬維京群島商高寶國際有限公司台灣分公司
初　　版　2021年 12 月

國家圖書館出版品預行編目(CIP)資料

喜歡你暗戀我的樣子/烏雲冉冉著. -- 初版. -- 臺北市：英屬維京群島商高寶國際有限公司臺灣分公司, 2021.11
冊； 公分. --

ISBN 978-986-506-297-2(上冊：平裝). --
ISBN 978-986-506-298-9(下冊：平裝). --
ISBN 978-986-506-299-6(全套：平裝)

857.7　　110018764